LA ROBE

Série « Quatre mariages et un fiasco » – 4

Lucy Kevin

LA ROBE

© Lucy Kevin, 2014 pour la traduction française,
2012 pour le texte original

Traduction : Constance de Mascureau
Correction : Christiane Mouttet

Suivez Lucy sur Twitter @lucykevin
Retrouvez Lucy sur Facebook : facebook.com/lucykevinbooks
www.LucyKevin.com
lucykevinbooks@gmail.com
Recevez la newsletter en français de Lucy
http://eepurl.com/MWHJX

Les robes somptueuses créées par Anne Farleigh contribuent en partie à la renommée du Rose Chalet en matière de réceptions de mariages. Alors qu'elle est sur le point de créer la robe la plus importante de sa carrière, Anne découvre des informations surprenantes sur le passé de son père. Elle qui croyait que ses parents filaient le parfait amour... Etait-ce vraiment le cas ou bien n'était-ce qu'une mascarade ?

Gareth Cavendish mène sa vie et son entreprise de détective privé d'une main de maître. Mais, lorsqu'il doit dévoiler à Anne des documents relatifs à la liaison supposée de son père vingt ans auparavant, et à la fille illégitime qu'il a eue, il a bien du mal à rester professionnel. Il se trouve qu'Anne est la femme la plus belle, la plus douce et la plus généreuse qu'il ait jamais rencontré. Combien de règles Gareth devra-t-il contourner pour parvenir à convaincre Anne qu'il est possible de croire de nouveau en l'amour ?

CHAPITRE 1

Anne Farleigh monta précipitamment les marches qui menaient à sa porte d'entrée pour s'abriter de l'averse.

Même trempée jusqu'aux os, avec sa robe et ses cheveux longs dégoulinants, elle ressemblait à un ange.

Un ange très mouillé.

Cela faisait une heure que Gareth Cavendish attendait sous la pluie devant la maison d'Anne Farleigh. Il avait donc eu amplement le temps de s'interroger sur la femme qui habitait cette demeure ancienne, visiblement bien entretenue, et entourée d'une palissade blanche – signe pour Gareth qu'une famille heureuse y avait vécu pendant longtemps.

Toutefois, les apparences pouvaient évidemment être trompeuses. Le contenu de l'enveloppe qui se trouvait dans la poche de sa veste le prouvait.

Le cas était clair. Jasmine Turner, une jeune femme de vingt-et-un ans originaire de l'Oregon, voulait retrouver la trace du père qui les avait abandonnées, sa mère et elle. Elle avait fait appel au cabinet d'avocats de Richard Wells pour la représenter.

Depuis qu'il avait quitté la police six mois plus tôt et

fondé Cavendish Enquêtes, une agence de détectives privés, Gareth avait travaillé sur plusieurs dossiers de particuliers pour Richard. La plupart du temps, il s'agissait malheureusement d'histoires d'adultère. L'affaire Farleigh comportait cependant un avantage non négligeable : si Jasmine obtenait gain de cause en se voyant attribuer la moitié des biens de son père biologique, Gareth obtiendrait une prime, qui lui permettrait de maintenir à flot sa nouvelle société.

Lorsqu'Anne arriva près de sa porte d'entrée, Gareth vit qu'elle souriait. Attitude surprenante après avoir été surprise par une averse !

Plus étrange encore : elle n'avait pas du tout semblé méfiante lorsqu'elle avait fini par l'apercevoir, debout sous la pluie près du porche de sa maison. Elle lui avait souri en le regardant dans les yeux, ce qui l'avait un moment pris de court.

— Bonjour, lança-t-elle. Vous cherchez quelqu'un ?

Reprenant rapidement ses esprits, il lui demanda :

— Êtes-vous Anne Farleigh ?

Elle hocha la tête et lui sourit de nouveau de façon charmante. Il s'avança sous le porche, s'apprêtant à sortir l'enveloppe de la poche de sa veste, quand il plongea son regard dans celui de la jeune femme et s'arrêta net.

Elle avait des yeux d'un bleu incroyable, évoquant la couleur de l'océan par une journée ensoleillée. Malgré la pluie torrentielle, il fut réchauffé par sa manière de le regarder.

Gareth devait lui remettre les papiers et partir.

Pourtant, en dépit du temps et de la situation, il n'était pas pressé de quitter une femme aussi ravissante.

Chassant cette pensée de son esprit, il finit par sortir l'enveloppe de sa poche et la lui tendit.

— C'est pour vous.

Elle s'en empara et l'ouvrit avec une excitation fébrile, comme si elle s'attendait à une bonne surprise. Alors qu'elle en sortait les documents légaux, Gareth prit conscience qu'elle était assez près de lui pour qu'il puisse sentir son doux parfum floral.

Elle parcourut les papiers puis lui rendit l'enveloppe.

— Vous faites erreur. Je ne suis pas la personne que vous cherchez.

— Vos parents étaient Edward et Chloe Farleigh ?

Anne hocha la tête.

— Oui, mais…

— Alors, je crains qu'il n'y ait pas d'erreur. Je suis là pour vous remettre des documents juridiques concernant l'autre fille de votre père.

Anne secoua vivement la tête.

— Non, je suis désolée. C'est une terrible méprise. Mon père n'avait pas d'autre fille. Je suis fille unique.

— Il avait une autre fille, Ms. Farleigh. Elle s'appelle Jasmine Turner. Elle est sa fille biologique, fruit de la relation qu'il a eue avec Deirdre Turner il y a vingt-deux ans. (Même si Gareth ne pouvait s'empêcher de se sentir coupable en lui annonçant la nouvelle aussi brutalement, il devait faire son travail.) Ce papier est un avis vous informant qu'on vous intente un procès pour obtenir une part de l'héritage de votre père.

Les gens ne réagissaient jamais bien lorsqu'on leur annonçait qu'ils étaient poursuivis en justice, et Gareth savait à quoi s'attendre. Ils ressentaient généralement de la colère, de l'incrédulité, de la surprise, du désarroi et du ressentiment.

Mais, à son grand étonnement, Anne se contenta de lui remettre l'enveloppe dans la main. Elle la lâcha rapidement, et il dut s'empresser de la saisir pour éviter de la laisser tomber dans la flaque qui s'élargissait à ses pieds.

— Je suis désolée, monsieur …

— Cavendish. Gareth Cavendish. Et vous ne pouvez pas simplement me rendre ces papiers. Ils vous ont officiellement été remis.

— Je ne comprends pas comment une telle erreur a pu se produire, mais je peux vous assurer que vous avez affaire à la mauvaise personne, parce que mon père n'aurait jamais agi ainsi.

Elle avait parlé sur un ton parfaitement aimable, presque comme si elle était désolée et s'excusait d'avoir fait perdre son temps à Gareth. Elle paraissait si sûre d'elle qu'il comprit qu'il ne parviendrait pas à la faire changer d'avis. Sur ces mots, elle mit la clé dans la serrure de sa porte d'entrée.

— Ms. Farleigh, répéta-t-il, je suis certain qu'il ne s'agit pas d'une erreur.

— Et je suis certaine que c'en est une. Bonne nuit.

Elle franchit le seuil de sa porte et la referma derrière elle.

CHAPITRE 2

La maison d'Anne était pleine de souvenirs heureux, des bibelots que collectionnait sa mère aux vieilles photographies sur les murs. Depuis la mort de ses parents, elle avait fait quelques changements, mais il régnait toujours une atmosphère vivante et heureuse, avec des touches classiques. Ainsi, sa chambre était essentiellement décorée de meubles anciens qu'elle avait hérités, comme le grand lit à baldaquin de ses parents, et la vieille commode, en bas de laquelle ses petits pieds d'enfant avaient laissé des marques.

Elle retira ses vêtements mouillés et passa sous la douche chaude, en repensant avec un sourire au concert de Tyce au *Rose Chalet*. Elle se réjouissait que Whitney et lui se soient enfin déclaré leur amour. Elle avait bien plus envie de penser à ses amis qu'à l'homme qui était venu lui apporter des documents juridiques quelques instants plus tôt, même s'il était très beau.

Comme n'importe quelle femme, elle était sensible à la beauté masculine, mais elle avait eu une réaction inhabituelle face à cet homme. Sans doute parce qu'il émanait de lui un mélange de force et de douceur, songea-t-elle en se séchant puis en s'habillant. Il avait des cheveux bruns un peu trop longs qui ondulaient légèrement sur son col, et tout chez lui était large et robuste, aussi bien ses épaules que ses mains. Elle aurait pu rester le regard plongé dans ses yeux sombres pendant des heures.

Anne descendit l'escalier quelques minutes plus tard, vêtue d'une robe à manches longues. C'était l'une des préférées de sa mère, et Anne l'avait un peu retouchée pour l'ajuster à sa silhouette légèrement plus menue. Quelques dessins de robes encore inachevés étaient éparpillés sur la table de la salle à manger. Son travail de styliste au *Rose Chalet* la tenait très occupée. Elle n'était pas seulement chargée de créer des robes de mariée, mais aussi des tenues pour les demoiselles d'honneur et les enfants d'honneur.

Elle se dirigea vers l'évier pour remplir la bouilloire et se préparer une tasse de thé, mais s'immobilisa soudain. Gareth Cavendish se tenait toujours debout devant sa maison, sous la pluie battante.

Était-il resté là depuis qu'elle avait refermé la porte ? Pourquoi n'était-il pas parti ? Elle lui avait pourtant expliqué clairement qu'elle n'était pas la personne qu'il cherchait.

Elle se sentit prise d'un léger sentiment de pitié. Son chef devait certainement être un monstre qui l'accablerait de reproches ou le mettrait peut-être même à la porte pour le punir de s'être trompé. Anne était consciente de la chance qu'elle avait de travailler au *Chalet* avec Rose.

Elles étaient meilleures amies depuis l'enfance, et pouvaient toujours compter l'une sur l'autre.

Gareth avait l'air profondément abattu. Si abattu qu'elle sortit un torchon propre d'un tiroir de la cuisine, puis retourna à la porte d'entrée et passa la tête dans l'air humide de la nuit.

— Voulez-vous entrer prendre une tasse de thé, Mr. Cavendish ?

A l'abri sous son parapluie, il lui lança un regard abasourdi.

— Je vous demande pardon ?

— Voulez-vous venir prendre un thé à l'intérieur ? répéta Anne. Vous devez être trempé et frigorifié.

Il s'avança rapidement et laissa son parapluie trempé sur le porche. Anne s'écarta pour le laisser passer.

— Vous ne devriez pas laisser des étrangers entrer chez vous ainsi, lui dit-il.

Anne haussa les sourcils.

— Vous m'avez déjà dit qui vous étiez et ce que vous vouliez, fit-elle remarquer. Je ne pense pas que les criminels agissent ainsi.

— Mais qui vous dit que je suis vraiment celui que je prétends être ? répliqua Gareth. Vous n'avez même pas exigé une pièce d'identité.

Comprenant qu'il serait rassuré si elle la lui demandait, elle tendit la main.

—Alors, vous feriez mieux de m'en montrer une, n'est-ce pas ? (Il sortit son permis de conduire et elle y jeta un coup d'œil.) Venez vous sécher et vous asseoir un moment. (Elle lui tendit le torchon bariolé.) Vous êtes resté sous la pluie pendant une éternité.

Après s'être essuyé le visage et les cheveux, il replia le torchon avec soin et le posa sur une table en marbre à côté, puis prit place sur le grand canapé en beau velours rouge foncé. La pièce était remplie de bibelots, d'esquisses, de vêtements, de piles de livres et de de tout le bric-à-brac personnel d'Anne. Pendant qu'elle remplissait sa tasse de thé, Gareth regarda autour de lui et aperçut la vieille machine à coudre Singer sur une petite table dans le coin du salon.

Elle lui tendit la tasse posée sur une soucoupe, et sa main effleura la sienne lorsqu'il s'en empara. Malgré le temps qu'il avait passé sous la pluie, il avait la peau étonnamment chaude. Il but une gorgée de thé puis, reposant sa tasse, il ressortit l'enveloppa de sa poche et la posa près de la théière.

Anne s'efforça de réprimer le léger serrement dans sa poitrine.

— Je ne suis certainement pas la seule Anne Farleigh. Ou peut-être qu'il y a erreur sur le nom de la personne que vous cherchez, réfléchit-elle à voix haute.

— Vous semblez très sûre de vous, Ms. Farleigh.

— Appelez-moi Anne, dit-elle avec un sourire, faisant mine de ne pas voir l'enveloppe que Gareth poussait vers elle.

— Très bien. Alors Anne, puis-je vous demander pourquoi vous êtes tellement convaincue que cette affaire ne vous concerne pas ?

— Parce que mon père et ma mère s'aimaient. Les gens disent parfois qu'ils s'aiment de façon machinale, mais ce n'était pas le cas de mes parents. Ils s'aimaient d'un amour profond et véritable. Ils sont même morts dans les bras l'un de l'autre. Quand l'accident de voiture s'est produit… (Elle dut s'interrompre un instant pour chasser l'image brutale qui était apparue dans son esprit.)… ils se sont pris la main et sont restés ainsi jusqu'à la fin. Auraient-ils agi ainsi si leur amour n'était pas aussi fort ?

— Je suis vraiment désolé qu'ils soient morts de façon aussi tragique…, commença Gareth.

— Je n'ai jamais été vraiment amoureuse, l'interrompit Anne, mais, si c'était le cas, je sais que je ne tromperais jamais l'homme que j'aime. Mon cœur et ma vie seraient comblés par lui, et il me suffirait. Il serait tout pour moi, et je n'aurais aucune raison d'aller voir ailleurs. Alors vous voyez, ce monsieur dont vous parlez, qui a trompé sa femme et avait une fille dont personne ne connaissait l'existence, ne peut pas être mon père.

Gareth hocha la tête comme s'il comprenait, et elle se réjouit d'être enfin parvenue à le convaincre. Mais son soulagement fut de courte durée.

— Votre père était écrivain et voyageait souvent dans l'Oregon pour faire la promotion de ses livres, n'est-ce pas ?

Elle hocha la tête.

— Alors, je suis désolé, sincèrement, mais vous êtes vraiment la Anne Farleigh que je cherche. Je suis conscient que ce n'est pas facile à entendre, mais votre père, Edward Farleigh, avait une maîtresse à Ashland. Elle a donné naissance il y a vingt-et-un ans à une fille qui porte le nom de Jasmine Turner. Jasmine considère comme une injustice le fait que votre père l'ait omise de son testament. Elle réclame ce qu'elle estime être sa part légitime de l'héritage.

— Mais c'est absurde, insista Anne d'une voix calme, malgré la colère qu'elle aurait pu manifester contre cette femme, Jasmine, et contre Gareth, qui s'obstinait à affirmer que sa cliente avait raison.

A vrai dire, s'emporter serait une façon de reconnaître qu'ils avaient raison. Et ce n'était pas le cas.

— Je ne sais pas comment vous êtes parvenu à cette conclusion, ou ce que votre cliente vous a dit, mais elle n'est pas la fille de mon père. Je vous le répète, mon père et ma mère s'aimaient trop pour que quelque chose de ce genre ait pu se produire.

Elle commença à repousser les papiers à l'autre bout de la table, mais Gareth leva la main pour l'arrêter.

— Anne, cela ne marche pas ainsi. Des documents juridiques vous ont été remis, et vous ne pouvez pas tout simplement les rendre. Si vous n'arrivez pas à trouver un terrain d'entente toutes les deux par le biais de la médiation, alors il faudra malheureusement aller au tribunal.

Au tribunal ? Elle dévisagea Gareth pendant plusieurs secondes, comprenant enfin de quoi il s'agissait.

— Je suis poursuivie en justice ?

— Oui, répondit-il en hochant gravement la tête, avec une expression de regret manifeste, vous êtes poursuivie en justice.

CHAPITRE 3

À l'instar de toutes les victimes que Gareth avait rencontrées lorsqu'il était dans la police, Anne paraissait abasourdie. Comme si elle n'arrivait pas à croire que le monde pouvait lui jouer un aussi mauvais tour.

C'était compréhensible : il venait de se présenter à sa porte pour lui annoncer qu'elle avait une sœur dont elle n'avait jamais entendu parler. Il avait envie de s'approcher d'elle et de lui dire que tout irait bien, mais, dans cette affaire, il travaillait pour la partie adverse. Il représentait le cabinet d'avocats de Richard Wells, dont la mission était d'obtenir pour Jasmine Turner la part d'héritage à laquelle elle estimait avoir droit.

Malgré tout, il se surprit à lui parler d'une voix plus douce que celle qu'il employait habituellement pour remettre des documents juridiques.

— Il arrive qu'on ne connaisse pas aussi bien qu'on le croit les gens les plus proches de nous.

En disant cela, il repensa à son meilleur ami, Brian, qui les avait trahis, lui et la loi.

— C'est une triste façon de voir les choses, murmura-t-elle.

Gareth haussa les épaules.

— Ainsi va le monde. Il n'est pas parfait. Les gens ne sont pas parfaits. On peut seulement espérer qu'en respectant les règles, on agit comme il se doit. Faites appel à un bon avocat, Ms. Farleigh, ne put-il s'empêcher de lui dire. Si vous avez l'intention de vous battre, vous en aurez besoin.

— De me battre ?

— L'alternative est de céder à la demande de Jasmine et de lui remettre la part des biens de votre père à laquelle elle prétend. Mais, quoi que vous décidiez, vous devrez assister à la médiation. Vous trouverez tous les détails dans les papiers que je vous ai remis.

Gareth avait parlé clairement et calmement, mais Anne paraissait encore sous le choc.

— Mais c'est juste… (Elle se leva, prit la théière et la rapporta dans la cuisine.) Je suis désolée, mais je vais vous demander de m'excuser. J'ai du travail pour demain.

Gareth comprit qu'elle mettait ainsi un terme à la discussion et qu'il était temps de partir. Il n'aurait jamais dû accepter de boire un thé avec elle.

Mais il ne se leva pas.

— Je suppose que vous êtes créatrice de robes ? demanda-t-il en montrant ses esquisses et sa machine à coudre.

Anne hocha la tête, et il se réjouit de voir son expression passer de la lassitude à l'enthousiasme.

— Je confectionne des robes pour les mariées au *Rose Chalet*.

Il avait entendu parler du lieu de réception de mariage par plusieurs de ses amis de la police qui s'y étaient mariés, et il savait que c'était un endroit superbe.

— Vous paraissez vraiment douée.

— J'aime beaucoup ce que je fais, répondit-elle en le regardant avec un grand sourire, qui lui donna un l'instant l'impression que son cœur s'arrêtait de battre. J'essaie toujours de saisir l'amour que ressentent les mariés. Le fait d'avoir été témoin de la profondeur de l'amour entre mes parents m'aide beaucoup dans mon travail.

Il espérait revenir sur le sujet de la procédure légale de manière plus douce, mais de toute évidence, Anne n'avait pas l'intention de lui faciliter la tâche.

— Est-ce pour cette raison que vous refusez d'accepter la réalité de ce que je vous ai appris ?

— Vous rendez-vous compte de ce que je peux ressentir ? Vous faites irruption chez moi en accusant mon père de… (L'éclat de colère dans ses yeux disparut aussi vite qu'il était apparu.) Je suis désolée, ajouta-t-elle plus calmement. Vous êtes sûrement quelqu'un de très gentil. C'est juste que… Excusez-moi une minute.

Elle quitta la pièce et revint quelques instants plus tard, en tenant à la main quelque chose qui était entouré de papier sulfurisé.

— Il reste toujours du gâteau de mariage, et il est si bon qu'il serait dommage de le jeter. J'en ai rapporté du *Rose Chalet*, et je me suis dit que cela vous ferait plaisir. Je l'ai emballé pour qu'il ne prenne pas l'eau quand vous regagnerez votre voiture.

Gareth avait été jeté dehors bien souvent au fil des ans. Il était même sorti d'un bar de bikers la tête la première, après avoir apporté à un de ses clients la preuve que sa femme le trompait. Mais on ne l'avait encore jamais mis à la porte de cette façon.

Il prit le gâteau et se dirigea vers la porte. Cependant, mû par une étrange envie, il fit soudain volte-face.

— Malgré les circonstances, j'étais heureux de vous rencontrer, Anne, dit-il en lui tendant la main.

— Moi aussi.

Elle le prit de court en le serrant brièvement dans ses bras. Pendant quelques instants, Gareth ne sut comment réagir. D'habitude, les gens se contentaient de lui serrer la main, surtout dans une situation comme celle-ci. Sentant les courbes délicates d'Anne contre lui, il eut du mal à garder une attitude professionnelle et à rester de marbre lorsqu'elle s'écarta.

— Au revoir, Gareth, dit-elle d'une voix douce mais ferme.

Il marcha vers sa voiture, repensant à la scène qui venait de ce produire. C'était sans doute la première fois qu'il rencontrait une personne avec une vision aussi résolument positive de la vie. Mais n'était-ce pas naturel d'avoir des difficultés à croire que l'un de ses parents avait trompé l'autre ?

Gareth retourna dans son grand et bel appartement, qui jouissait d'une vue sur la Baie. Ses meubles modernes avaient été choisis par une décoratrice d'intérieur, parce que la perspective de les acheter lui-même ne lui disait rien du tout. Quand il était dans la police, il avait un salaire régulier qui couvrait largement ses mensualités. Mais, désormais, son revenu dépendait de la qualité et du nombre des dossiers qu'il traitait.

Il pensait que le cas Farleigh lui permettrait, à lui et à son assistante Margaret, de respirer un peu. Mais, à présent qu'il avait fait la connaissance d'Anne Farleigh, la situation était loin d'être aussi simple qu'il l'avait espéré.

En retirant sa veste, Gareth se rendit compte qu'il y avait quelque chose dans l'une de ses poches extérieures. Il en tira alors lentement l'enveloppe contenant les documents juridiques, et fut aussi étonné que s'il voyait un lapin sortir d'un chapeau.

Comment avait-elle...

Quand elle l'avait serré dans ses bras.

Il ne put s'empêcher de sourire.

CHAPITRE 4

Anne arriva au *Rose Chalet* tôt le lendemain, munie de son carnet de croquis, de ses échantillons de tissus et d'un superbe album de photos dans lequel se trouvaient toutes les robes de mariée qu'elle avait créées ces cinq dernières années. Elle était très impatiente de commencer à travailler pour Felicity Andrews, éditrice du magazine *San Francisco*, afin de l'aider à organiser son mariage de rêve.

Rose et RJ étaient en train de mettre de l'ordre dans la grande salle du *Chalet* après le concert de Tyce. RJ démontait les lumières tandis que Rose balayait la piste de danse. L'équipe de nettoyage du *Chalet* était déjà passée par là, mais Rose était une perfectionniste.

Aussi élégante qu'à l'ordinaire, la propriétaire du *Chalet* avait posé la veste de son tailleur sur une chaise et retroussé ses manches. Ses cheveux auburn étaient attachés en arrière, et Anne songea que cette coiffure mettait parfaitement en valeur les jolies pommettes de son amie et ses yeux d'un vert profond.

Anne avait toujours été impressionnée par l'efficacité de Rose et de RJ quand ils travaillaient ensemble. Ils donnaient presque l'impression que leurs mouvements étaient synchronisés. Elle était persuadée que leur relation n'était pas uniquement une relation d'amitié et de travail, mais qu'il y avait entre eux une attirance latente.

Cependant, Rose était fiancée. Elle n'aurait vraisemblablement pas accepté d'épouser Donovan si elle ne l'aimait pas. Peut-être que ce qu'elle ressentait pour RJ était seulement une passade, une amitié devenue un peu trop forte ?

Elle avait tenté d'interroger Rose à ce sujet un soir, mais en voyant son amie pâlir et pincer les lèvres, Anne s'était mise à rire comme s'il s'agissait d'une plaisanterie, puis avait rapidement changé de sujet.

— Tu as besoin d'un coup de main ?

Rose leva les yeux de son balai et lui sourit.

— Salut, Anne, tu arrives à point nommé. Avec les horaires irréguliers de Phoebe et de Tyce ces derniers temps, ton aide ne serait pas de refus.

Anne s'empara d'un sac poubelle. Leur petite famille du *Rose Chalet* se réduisait comme peau de chagrin, mais ce qui frappait le plus Anne était les belles relations qui s'y étaient développées ces derniers mois. Tout d'abord, Julie était tombée amoureuse d'Andrew, puis Phoebe et Patrick s'étaient trouvés, et à présent Tyce et Whitney formaient un couple.

Anne n'avait jamais eu ce genre de chance en matière d'amour. Elle avait bien sûr fréquenté des hommes, et la plupart d'entre eux étaient très gentils, mais elle attendait bien plus d'une relation.

Elle se promit qu'un jour, elle trouverait un amour aussi beau et pur que celui qu'avaient connu ses parents.

— Rose, est-ce que toute l'équipe va travailler sur le mariage de Felicity Andrews ?

Son amie cessa un instant de balayer.

— Phoebe reviendra de Chicago juste à temps pour s'occuper des fleurs, et Julie et Andrew ont accepté de se charger du cocktail et du repas. Tyce a trouvé quelqu'un pour veiller à la musique à sa place pendant son congé au Colorado avec Whitney. (Elle soupira.) Tout va bien se passer, j'en suis sûre, mais je regrette que tout le monde ne soit pas là pour cet événement.

— Nous ferons en sorte que tout se passe au mieux, la tranquillisa RJ.

— J'espère que tu as raison, dit Rose. Le *San Francisco* n'est pas n'importe quel magazine. Si Felicity n'est pas satisfaite de notre travail pour son mariage, cela pourrait vraiment nous porter préjudice. Mais si elle aime ce que…

— Elle va adorer, insista RJ. Tu ne crois pas, Anne ?

— Bien sûr que si.

Anne sourit à son amie avec un air rassurant, même si elle avait plus de mal qu'à l'ordinaire à rester positive et joyeuse, compte tenu de ce qui s'était passé la veille avec Gareth.

— Nous allons en mettre plein la vue à Felicity !

Une trentaine de minutes plus tard, une fois le matériel d'éclairage démonté, RJ quitta la pièce, si propre qu'elle en étincelait. Rose se tourna vers Anne.

— Est-ce ça va ? Tu n'as pas l'air dans ton assiette ce matin.

— Oh, tout va bien, s'empressa de répondre Anne avec un sourire sans joie.

— Anne, tu peux tout me dire, dit doucement Rose. On se connaît depuis tellement longtemps.

— Depuis la classe de Mrs. McKlusky, se rappela Anne. Tu te souviens de ce garçon qui faisait toujours…

Rose secoua la tête.

— Ne change pas de sujet. Je vois bien que quelque chose ne va pas. Est-ce que tu veux en parler ?

Non. Anne n'avait aucune envie d'en parler, ni d'accorder la moindre crédibilité à cette histoire insensée.

Mais elle savait que Rose ne lâcherait pas le morceau tant qu'elle ne lui aurait pas dit ce qui n'allait pas. Parce qu'elle était une véritable amie.

— Hier soir, quand je suis rentrée chez moi, il y avait un homme qui attendait sous la pluie devant ma maison.

Rose écarquilla les yeux avec un air alarmé.

— Est-ce que ça va ? Tu as appelé la police ?

— Ne t'inquiète pas, s'empressa de la rassurer Anne. C'était presque un membre de la police lui-même. Et il s'est comporté comme un vrai gentleman. Sans compter qu'il était très attirant.

— Je ne comprends pas, dit Rose avec une expression perplexe. Qu'est-ce qu'il voulait ?

— C'est un détective privé. Il m'a raconté une histoire absurde à propos… Enfin, à quoi bon te le dire, tu ne me croirais pas si je te le disais.

— Essaie toujours.

Anne fit un effort pour continuer à sourire et pour rester convaincue que ce qui s'était passé la veille n'était vraiment qu'une stupide méprise.

— Il a dit que mon père avait une fille cachée née d'une liaison qu'il avait eue il y a vingt ans, et que cette fille voulait faire valoir ses droits sur l'héritage que mes parents m'ont laissé.

Rose écarquilla les yeux.

— Je t'avais dit que tu ne me croirais pas, dit Anne. Il a essayé de me remettre des documents juridiques, et quand je lui ai dit qu'il faisait erreur, il est resté debout sous la pluie à attendre. (Elle s'interrompit un instant.) J'ai eu tellement pitié de lui que je lui ai proposé de rentrer.

— Et que s'est-il passé ensuite ? demanda Rose avec un air inquiet.

— Je lui ai servi du thé, il a essayé de me redonner les papiers, puis il est parti avec une part de gâteau.

— De gâteau ? demanda Rose, sans se départir de son expression soucieuse. Il t'a remis des papiers ?

— Oh, non, je les ai glissés dans la poche de sa veste quand il est parti.

— Quoi ?

À présent, Rose paraissait réellement affolée. Anne ne l'avait pas vue dans cet état depuis le jour où elle avait trouvé trois routards australiens dormant dans son abri de jardin.

— Anne, tu ne peux pas faire ça.

— Pourtant, je l'ai fait.

— Mais tu ne peux pas.

Cette fois, ce fut au tour d'Anne de froncer les sourcils.

— C'est exactement ce qu'a dit Gareth.

— Gareth ?

— Le détective, Gareth Cavendish. (Malgré les raisons de sa visite chez elle la veille, Anne sourit en pensant à lui.) Il était vraiment très charmant.

Pendant qu'Anne parlait, Rose avait sorti son téléphone portable de sa poche et parcourait la liste de ses contacts.

— Je me moque qu'il soit charmant ou pas. Il travaille pour quelqu'un qui te poursuit en justice. Il faut que nous te trouvions un avocat.

Anne posa la main sur le bras de son amie.

— C'est une erreur, Rose. Mon père n'a pas fait cela. C'est impossible.

Rose leva un instant les yeux de son téléphone et passa le bras autour des épaules de son amie.

— Je sais que c'est difficile, mais crois-tu vraiment que quelqu'un se donnerait autant de peine et dépenserait tout cet argent pour te faire un procès s'il ne pensait pas avoir une chance de gagner ?

— Mais c'est…

Anne sentit une boule se former dans le creux de son estomac, mais elle se força à continuer à sourire. Toute sa vie durant, son sourire avait été son armure.

Tant qu'elle continuait à sourire, rien ne pouvait aller mal.

— Je suis de ton côté, lui assura Rose. Mais il faut vraiment que tu…

Elle fut interrompit par la sonnette.

— Ce doit être Felicity Andrews, dit Anne, en sentant une bouffée de soulagement l'envahir. (Elle n'avait encore jamais accueilli l'arrivée d'un client avec une telle reconnaissance.) Il vaut mieux ne pas la faire attendre.

Rose ne faisait jamais attendre ses clients. Malgré tout, elle parut hésiter.

— Très bien, finit-elle par dire. Allons organiser un mariage digne de l'éditrice du plus grand magazine de San Francisco.

CHAPITRE 5

— Raconte-moi encore ce qui s'est passé, demanda Margaret, l'assistante de Gareth. (Légèrement tachée d'eau, l'enveloppe contenant les documents juridiques était posée sur son bureau, entre son ordinateur et la photo de ses quatre enfants.) Je veux être sûre d'avoir bien saisi.

Ils avaient travaillé ensemble dans la police pendant quinze ans. Quand Gareth avait donné sa démission, elle avait eu suffisamment confiance en sa capacité à réussir comme détective privé pour partir avec lui. Il ne pouvait pas la laisser tomber.

— Pourquoi est-ce que j'ai l'impression que tu y prends plaisir ?

— Tu te trompes, dit Margaret en secouant la tête. (Mais elle esquissa un sourire.) J'aimerais juste comprendre comment Gareth Cavendish, le plus dur à cuire des détectives privés, a réussi à se faire jeter à la porte d'une maison par une créatrice de robes de mariée.

— Cela ne s'est pas passé ainsi, soutint Gareth.

— À d'autres ! Si les papiers que tu devais remettre à Anne Farleigh sont sur mon bureau et non entre ses mains, il doit bien y avoir une raison.

— C'est très simple. Elle les a glissés dans la poche de ma veste quand je suis parti.

Il préféra éviter de mentionner qu'Anne Farleigh l'avait serré dans ses bras pour y parvenir. Il n'avait pas non plus l'intention d'admettre le temps qu'il avait passé à penser à elle depuis leur rencontre la veille.

— Pourquoi n'es-tu pas directement retourné là-bas pour la forcer à les prendre ? (Margaret paraissait préoccupé.). Gareth, cela ne te ressemble pas.

— Il y a quelque chose de… (Il ne savait pas vraiment comment formuler la chose.) de différent chez Anne.

Margaret haussa les sourcils.

— Anne ?

— Ms. Farleigh, se reprit-il vivement.

— Comment ça, différent ? demanda son assistante avec un soupir.

Comment pouvait-il lui dire ce qu'il avait ressenti en regardant Anne marcher sous la pluie en souriant, comme si elle y prenait plaisir ? Et comment lui expliquer que, pour la première fois depuis qu'il avait digéré les mensonges de son ancien partenaire, il avait senti que son cœur était touché, malgré les murailles qu'il avait érigées autour pour le protéger ?

— C'est une personne gentille, finit-il par dire.

— Gentille, répéta Margaret en tapotant sur le bureau avec son stylo, comme elle le faisait toujours quand elle réfléchissait. Même si elle est gentille, nous devons gérer la situation avant qu'elle ne parvienne aux oreilles de Richard Wells. Il pourrait décider que tu n'es pas l'homme dont il a besoin pour s'occuper de mademoiselle Je-garde-tout-pour-moi.

— Ne l'appelle pas comme ça, Margaret. (Il ressentait un étrange besoin de protéger la femme qu'il avait rencontrée moins de vingt-quatre heures plus tôt.) De toute évidence, elle ignorait tout de cette histoire. Ce n'est sûrement pas facile pour elle de découvrir que son père bien-aimé n'était pas l'homme irréprochable qu'elle avait imaginé.

— Une procédure judiciaire a été entamée, fit remarquer Margaret. Tu sais ce que tu as à faire, même si cela ne te fait pas plaisir. Qu'elle les ait encore en sa possession ou non, les papiers lui ont été remis. Mais je peux te garantir que Richard sera furieux s'il apprend qu'elle les a glissés dans ta poche à ton insu. Tu dois aller les lui rendre. Et cette fois, assure-toi qu'elle les garde ! (Il ne répondit pas immédiatement, et l'expression de Margaret s'adoucit.) Tu sais que je t'aime comme un fils, n'est-ce pas ? Et que j'ai quitté le commissariat avec toi parce que je suis convaincue que tu es le meilleur détective privé de la ville ?

— Je sais.

Il était sincère. Il la connaissait cependant suffisamment bien pour savoir ce qui allait venir ensuite.

— J'ai envie que tu réussisses. J'ai envie que nous réussissions. Et je suis sûre que ce sera le cas. Mais ce dossier est essentiel à notre succès, tu dois donc te demander si tu veux vraiment y arriver, et ce que tu es prêt à faire pour parvenir à tes fins. (Elle s'interrompit un instant.) J'accepterai et je respecterai ta décision, quelle qu'elle soit. Mais promets-moi simplement que tu n'agiras pas sans réfléchir.

Gareth savait que Margaret avait raison. D'un autre côté, il savait aussi à quel point Anne allait être blessée… Et cette seule pensée suffisait à lui serrer le cœur.

Pourtant, s'il n'arrivait pas à lui faire prendre la situation au sérieux et à la convaincre d'assister à la médiation, l'affaire finirait devant le tribunal. Il connaissait à peine Anne, mais il se doutait que la dernière chose qu'elle voulait était de voir les infidélités de son père étalées en public.

Margaret attendit qu'il soit sur le point de sortir de son bureau pour ajouter :

— Autre chose encore. Brian a appelé. Je lui ai dit que tu n'étais pas là et il va essayer de te joindre plus tard sur ton portable.

Gareth s'efforça d'ignorer la boule qui s'était formée dans son estomac à la mention de son ancien partenaire et plus vieil ami.

— Merci de me prévenir.

Brian appelait-il pour lui présenter enfin des excuses ? Croyait-il vraiment que cela suffirait pour arranger les choses ? Il avait délibérément falsifié des rapports pour éviter que le fils de sa petite amie ne soit impliqué dans une histoire de possession de drogue. Dès que Gareth l'avait découvert, il avait insisté auprès de Brian pour qu'il passe aux aveux. Après tout, la loi était la loi, en particulier pour un officier de police. Mais Brian avait refusé, affirmant que l'adolescent méritait une deuxième chance dans la vie, sans casier judiciaire, et qu'il avait l'intention de la lui accorder.

Gareth avait alors dû prendre la décision la plus difficile de sa carrière : dénoncer ou non son ami. Mais il ne s'en était pas senti capable. Il ne pouvait pas gâcher la vie de son ami ainsi. Il ne pouvait qu'espérer que Brian ferait le bon choix, ou bien démissionnerait.

Mais voyant que celui-ci ne faisait ni l'un ni l'autre, Gareth avait su que c'était à lui de partir.

C'était la raison pour laquelle il devait de nouveau remettre ces papiers à Anne Farleigh et s'assurer qu'elle assisterait à la médiation. Elle avait beau être ravissante et gentille, il se devait de faire tout son possible pour son client, pour Margaret et pour lui-même.

Et d'une étrange manière, pour Anne également. Parce que s'il pouvait la convaincre de se rendre à la médiation, peut-être pourrait-il ainsi empêcher que la situation ne s'envenime.

Il retourna dans le bureau de Margaret et prit l'enveloppe couverte de taches d'humidité sur son bureau.

— J'ai besoin de l'adresse de l'endroit où travaille Anne Farleigh.

Vingt minutes plus tard, il se gara près du *Rose Chalet*. Il dut reconnaître que le lieu était superbe, avec sa situation idéale près de la Baie, et ses jardins magnifiques. En franchissant la grille, il aperçut une élégante femme rousse qui parlait avec un homme en tenue de travail.

— Tu maintiens vraiment que tu as bien fait de ne pas porter de bleu de travail pour nettoyer le sol ce matin ? entendit-il l'homme lui demander.

La femme parut légèrement choquée.

— Et si Felicity était arrivée en avance et m'avait vue dans cette tenue ?

— Je ne pense pas qu'elle s'en serait formalisée. La manière dont j'étais habillé ne l'a pas dérangée, non ?

— Nous savons très bien tous les deux que c'était parce qu'elle te reluquait... même si elle se marie ici bientôt. Je ne crois pas que j'aurais obtenu la même réaction.

— Je n'en suis pas si sûr, répondit l'homme. Je trouve que tu es toujours jolie, quoi que tu portes.

La femme aperçut alors Gareth. Elle rougit légèrement, sans doute gênée qu'il ait surpris leur conversation.

— Bonjour, dit-elle. Je suis Rose. Est-ce que je peux vous aider ?

Gareth comprit rapidement qu'il s'agissait de Rose, la propriétaire du *Rose Chalet*.

— Je cherche Anne Farleigh. Est-ce qu'elle est là ?

— C'est à quel sujet ? demanda Rose avec une note de méfiance dans la voix.

Elle semblait très protectrice vis-à-vis de ses collègues, et Gareth s'en réjouissait. Même s'il avait passé peu de temps avec Anne, il savait qu'elle méritait des bons amis, qui prenaient soin d'elle.

Il espérait pour elle qu'ils se révèleraient plus fidèles que son ancien ami Brian.

Ne voulant pas expliquer la situation à Rose, il dit simplement :

— J'espérais la trouver ici.

Rose l'observa pendant un long moment, et Gareth eut l'impression qu'elle le jaugeait de la tête aux pieds.

— Désolée, finit-elle par dire, mais vous l'avez ratée. Je crois qu'elle est rentrée chez elle il y a une demi-heure.

Gareth hocha la tête en signe de remerciement et retourna vers sa voiture. Il devrait sans doute faire le pied de grue devant la maison d'Anne avant qu'elle en ressorte.

Heureusement, la pluie avait cessé.

CHAPITRE 6

Anne regarda les boîtes éparpillées à ses pieds, en essayant de se rappeler où elle avait bien pu ranger le rouleau de tissu que ses parents avaient rapporté d'un voyage en Inde, bien des années plus tôt. Il serait parfait pour la robe de mariée de Felicity Andrews.

Encore faudrait-il qu'elle parvienne à remettre la main dessus, ce qui n'était pas gagné vu le nombre de boîtes.

Celles-ci contenaient des souvenirs des tournées promotionnelles de son père pour ses romans, des livres qui ne rentraient plus dans les étagères, des coupures de journaux, et même des vieux vêtements encore en bon état. Anne ne pouvait se résoudre à les jeter car ils évoquaient trop de moments heureux.

La réunion avec Felicity Andrews au *Rose Chalet* s'était très bien déroulée, songea Anne en fouillant dans une autre boîte, où elle découvrit une collection de poupées en porcelaine qu'elle avait complètement oubliée. Elle mit la boîte de côté, avec l'intention d'étudier de plus près dans les semaines à venir les robes de l'époque victorienne des poupées.

Anne demandait toujours aux mariées pour lesquelles elle travaillait de lui parler de leur fiancé et leur relation, qu'elle soit douce et tendre, ou bien furieusement passionnée, comme dans le cas de Felicity Andrews. C'était ainsi qu'elle arrivait le mieux à déterminer le type de robe qui leur correspondait.

Ce matin-là, tandis qu'elle écoutait Felicity lui parler de la profondeur de sa passion — et de son amour — pour son fiancé, Anne s'était mise à penser à l'homme qu'elle n'arrivait pas à se sortir de la tête, s'interrogeant sur les passions de Gareth Cavendish.

Anne savait pourtant qu'elle ferait mieux de se concentrer sur la cliente la plus importante qu'avait jamais connue le *Rose Chalet*, au lieu de fantasmer sur le beau détective privé. D'autant plus que Felicity lui avait fait retrouver sa bonne humeur habituelle. L'éditrice leur avait confirmé que son magazine sortirait un numéro spécial sur le mariage, avec les créations d'Anne en vedette. Lorsque Felicity avait su qu'elle avait encore chez elle la robe de mariée de sa mère, elle avait suggéré qu'elles en fassent la pièce maîtresse de la séance photo, pour la plus grande joie d'Anne.

Si seulement elle parvenait à mettre la main sur le tissu qu'elle cherchait pour confectionner la robe de Felicity ! Si Rose était là, elle aurait sans doute méthodiquement fait l'inventaire de chaque boîte et retrouvé le tissu en un quart d'heure. Seulement, à chaque fois qu'Anne ouvrait une boîte, elle ne pouvait s'empêcher de replonger dans ses souvenirs. Le petit ours en peluche que sa mère lui avait donné quand elle était bébé. Les bijoux fantaisie qu'elle dénichait dans les vide-greniers avec elle quand elle était petite, et qu'elle portait quand elles jouaient à prendre le thé avec la reine.

Mais rien ne lui était aussi précieux que la série de poèmes d'amour que son père avait écrits pour sa mère.

Chaque fois qu'elle les relisait, Anne avait l'impression d'entendre la voix profonde de son père lorsqu'il les récitait à sa femme, assise à côté de lui sur la causeuse. Ils étaient si bien ensemble. Si heureux.

Inévitablement, ses pensées dérivèrent vers Gareth. Elle sentit une bouffée de colère l'envahir en songeant à ce qu'il avait affirmé sur son père, mais la réprima aussitôt.

La sonnette retentit alors, et Anne alla ouvrir la porte. Gareth se tenait sur le proche. Elle eut l'impression de l'avoir fait apparaître comme par magie, en pensant si souvent à lui pendant la journée.

— Nous devons discuter, déclara-t-il d'une voix grave qui donna la chair de poule à Anne. Je peux entrer ?

Au fond d'elle, elle avait su qu'il reviendrait. Surtout lorsqu'elle avait glissé l'enveloppe dans la poche de sa veste juste avant son départ. Et même si elle appréhendait de se retrouver mêlée à une affaire judiciaire, elle ne pouvait nier que d'un point de vue purement personnel, elle était heureuse de le revoir.

Sans savoir vraiment pourquoi, elle avait été attirée par lui dès le premier instant où elle avait posé les yeux sur lui. Évidemment, ce n'était sans doute pas sans lien avec son physique très séduisant, mais c'était bien plus que cela. Gareth était très différent de la personne créative et artiste qu'était son romancier de père. Il émanait de lui une impression de stabilité. De fiabilité.

— Cela ne prendra pas longtemps, promit-il alors qu'elle s'écartait pour le laisser entrer.

Il s'avança dans le salon et haussa les sourcils d'un air interrogateur en apercevant toutes les boîtes éparpillées sur le sol.

— Qu'est-ce que c'est ?

— Je cherche un tissu, expliqua Anne. Je suis sûre qu'il est dans l'une de ces boîtes. (Elle leva les yeux vers lui en souriant.) Je suppose que votre bureau est parfaitement rangé ?

— La plupart du temps, oui, répondit-il avec un petit sourire qui la fit fondre. Grâce à Margaret.

— Margaret ? demanda Anne, en sentant un petit pincement qu'elle mit un peu de temps à identifier.

Elle était jalouse. De Margaret… qui qu'elle soit.

— C'est mon bras droit au bureau, expliqua-t-il, même si j'ai parfois plus l'impression que c'est ma patronne, quand j'ai du mal à tenir les délais.

Anne sourit.

— Cela m'arrive aussi. Il y a parfois tellement de robes à faire en peu de temps, et malgré tout elles doivent être parfaites. Jamais je ne pourrais laisser une femme se marier dans une robe imparfaite.

Même si elle n'en laissa rien paraître, elle était encore

sous le choc de l'émotion qu'avait fait naître chez elle le fait d'entendre le nom d'une autre femme dans la bouche de Gareth. Si elle était jalouse, cela signifiait que…

— La machine à coudre a l'air d'avoir bien vécu, dit Gareth en posant sa grande main forte sur la Singer.

Anne fut frappée par le contraste entre ses doigts virils et bronzés et la machine délicate de couleur vert-olive délavé.

— Ma mère l'a achetée quand j'étais petite. Chaque fois que je m'en sers, je la revois, assise ici.

Gareth hocha la tête.

— En voyant toutes ces boîtes, j'ai pensé un instant que…

— Qu'avez-vous pensé ? demanda-t-elle, sans pouvoir s'empêcher de s'approcher de lui.

— Que vous preniez l'affaire suffisamment au sérieux pour chercher des preuves que votre père n'avait pas…

— Pourquoi ferais-je cela ? (Au prix d'un violent effort, elle repoussa une nouvelle vague de colère et de frustration.) Mon père aurait-il écrit cela s'il n'aimait pas ma mère ? demanda-t-elle en ramassant les poèmes d'amour. Alors, je vous en prie, ne recommencez avec cette histoire de demi-sœur cachée.

— Croyez-le ou non, dit-il doucement, mon intention n'est vraiment pas de salir l'image que vous avez de vos parents.

— Alors ne le faites pas. Voulez-vous du thé ? demanda Anne de façon automatique. (Elle éprouva presque un sentiment de reconnaissance en voyant

Gareth secouer la tête.) Mon amie Rose pense que je ne devrais pas prendre cette affaire à la légère.

Gareth la regarda avec intensité.

— J'ai fait sa connaissance tout à l'heure en passant au *Rose Chalet*. C'est une de vos très bonnes amies, non ?

— En effet. C'est presque une sœur pour moi, dit-elle sur un ton insistant. Et c'est la raison pour laquelle je vous serais très reconnaissante de demander à cette femme d'abandonner la procédure.

Gareth se contenta cependant de secouer la tête.

— Si vous croyez vraiment que Jasmine Turner n'est pas votre sœur, alors vous devriez le prouver avant que les choses ne dégénèrent.

— Comment cela ? demanda Anne.

Elle eut alors des visions d'huissiers de justice se présentant à sa porte pour lui prendre tout ce qui lui appartenait.

Ils n'avaient pas le droit de faire cela. Ce n'est pas possible, le monde devait être plus juste.

Gareth tendit le bras vers elle comme s'il allait lui prendre la main, mais au dernier moment, il la mit dans sa poche.

— Souhaitez-vous que toute cette affaire devienne publique ? Sachez que si vous n'assistez pas à la médiation, c'est ce qui se produira.

Anne se figea à cette idée. La perspective que le nom de ses parents apparaisse dans la presse et soit traîné dans la boue lui était insupportable.

— Vous avez l'intention d'en parler aux journalistes ? demanda Anne sur un ton incrédule. Vous ne feriez pas cela, si ?

— Non, mais si vous passez devant le tribunal, l'affaire deviendra publique. Edward Farleigh n'était peut-être pas l'écrivain le plus célèbre du monde, mais il était suffisamment connu pour que les gens s'intéressent à cette histoire. Nous ne pourrons rien faire pour l'empêcher.

Tout en l'écoutant, Anne essayait de comprendre comment sa vie avait ainsi pu basculer en vingt-quatre heures.

— Même si vous êtes certaine que votre père n'aurait pas pu agir ainsi, vous devriez malgré tout vous rendre à la séance de médiation, de préférence avec votre propre avocat. Je serai juste devant la salle, Anne, je vous le promets. Il y aura seulement Jasmine, son avocat, vous et votre avocat, et un médiateur professionnel. Allez défendre votre cause. Montrez à Jasmine et au médiateur qu'ils ont tort. Je vous en prie, allez au moins leur parler. C'est la meilleure chose à faire.

Au fond d'elle, elle savait que Gareth avait raison. Assister à cette réunion était la seule manière d'empêcher que la réputation de son père ne soit ternie. Il lui paraissait pourtant si injuste que quelqu'un fasse ainsi irruption dans sa vie et remette en cause le mariage de son père.

Tout aussi injuste que l'avait été la mort brutale de ses parents, qui n'auraient pas dû être arrachés à la vie de cette façon. Et voilà que quelqu'un essayait à présent de lui prendre les souvenirs qu'elle avait d'eux. Anne sentit les larmes lui monter aux yeux.

CHAPITRE 7

Gareth sentit son estomac se nouer en voyant Anne se mettre à pleurer. Un autre détective que lui aurait peut-être essayé d'ignorer la douleur de cette femme gentille, drôle et belle, mais il n'en était pas capable. Il s'approcha d'elle et tenta de la calmer en passant un bras réconfortant autour d'elle.

Il s'attendait à ce qu'elle sursaute à son contact. Après tout, il était l'ennemi. Une fois de plus, elle le surprit. Elle posa sa tête sur son épaule et s'assit sur le canapé avec lui en sanglotant. Gareth ne put s'empêcher d'éprouver du plaisir à la tenir ainsi.

— Tout ira bien, lui promit-il.

Elle tourna la tête vers lui et il plongea alors son regard dans ses magnifiques yeux bleus profonds. Il était si proche d'elle que ses lèvres n'étaient plus qu'à quelques centimètres des siennes.

— Gareth, murmura-t-elle d'une voix à peine audible.

Il était sorti avec de nombreuses femmes, jolies, intelligentes et talentueuses. Pourtant, aucune d'entre elles ne lui avait fait un tel effet. Aucune ne lui avait donné l'envie de se confier, de dévoiler des parties de lui qu'il avait jusque-là tenues cachées.

Peut-être était-ce parce que, même s'il ne connaissait Anne que depuis un jour, il sentait qu'elle ne profiterait pas de lui.

Elle approcha lentement ses lèvres des siennes, de façon presque imperceptible. Gareth fut tenté de prétendre ne pas s'en rendre compte, pour laisser cette femme magnifique l'embrasser.

Mais il ne pouvait pas.

Il représentait la partie adverse.

Les règles étaient très claires dans une situation comme celle-ci. Et il avait toujours vécu en se conformant strictement aux règles.

Il dut faire appel à toute la force de sa volonté pour reculer, retirer le bras passé autour des épaules de la jeune femme et se lever. Mais il y parvint.

— Je dois vous rendre ceci, dit-il en sortant de sa poche l'enveloppe avec les documents et en la lui tendant.

Gareth sentit de nouveau son estomac se nouer en voyant l'expression déçue – et blessée – sur le visage d'Anne lorsqu'elle se leva à son tour. Il aurait aimé pouvoir lui avouer qu'il avait été attiré par elle dès le premier instant où il l'avait aperçue. Et qu'il la désirait plus qu'il n'avait jamais désiré aucune autre femme.

Mais cela manquerait totalement de sérieux, et irait complètement à l'encontre de la loi.

Tout ce qu'il pouvait faire, c'était lui donner des

conseils pour la procédure.

— Gareth, j'ai fait quelque chose qui vous a déplu ?

— Non, bien sûr que non, dit-il doucement. Je vous en prie, promettez-moi que je vous verrai à la médiation demain.

Anne le regarda fixement pendant un long moment, avant de hocher la tête.

— Très bien, j'irai. Mais sans avocat. Je suis sûre que je peux tout expliquer moi-même. Êtes-vous certain que vous ne voulez pas rester ? Pour un thé, ou… ?

Il serait si facile de dire oui. Si facile, et avec Anne, si parfait. Mais il ne pouvait pas transgresser les règles ainsi.

Pas même pour elle.

— Je dois retourner au bureau.

Il eut des difficultés à garder une attitude neutre et professionnelle et à se diriger vers la porte d'entrée comme si de rien n'était. Il réussit à marcher jusqu'à sa voiture sans se retourner, mais ne put s'empêcher de jeter un coup d'œil dans le rétroviseur de sa voiture. Anne agitait la main pour lui dire au revoir, comme si elle disait au revoir à un vieil ami venu lui rendre visite.

Mais ils avaient failli devenir bien plus que cela.

Malgré lui, Gareth n'arrêtait pas de penser à ce qui aurait pu se passer s'il avait franchi la distance qui les séparait et goûté la douceur de ses lèvres, au lieu de s'écarter.

— Ça suffit, dit-il à voix haute. Cela n'arrivera pas. C'est impossible.

Gareth fit démarrer sa Jaguar et s'éloigna, car chaque

seconde qu'il passait à regarder Anne augmentait son envie de retourner chez elle et de céder à son désir.

— Est-ce que tu l'as fait ? demanda Margaret à son retour au bureau.

Gareth hocha la tête. Son cœur se serra lorsqu'il repensa aux larmes d'Anne.

— Je suis fière de toi, dit-elle. Quelqu'un t'attend dans ton bureau, mais je dois d'abord te dire que…

Gareth n'était pas d'humeur à attendre. Il avait justement besoin d'un nouveau client pour se changer les idées et arrêter de penser à Anne.

Il poussa la porte de son bureau et entra.

— Je suis désolé de vous avoir fait attendre, Ms… Kyra ! que fais-tu ici ?

La petite amie de Brian se leva et lui sourit.

— Gareth, cela me fait plaisir de te revoir. (Malgré ce qui s'était passé six mois plus tôt, sa voix était chaleureuse.) Brian m'a dit que tu ne voudrais sans doute pas me voir, et que tu serais en colère contre moi.

— Ce n'est pas à toi que j'en veux.

— Ta secrétaire est très protectrice. Elle ne voulait pas que je t'attende ici. (Kyra secoua la tête.) Toute cette colère. Est-ce qu'on ne peut pas passer à autre chose ? Vous étiez inséparables, Brian et toi.

— C'était avant qu'il transgresse la loi, dit Gareth.

— C'est vrai, reconnut-elle, il a enfreint quelques règles. Mais il m'aime et il aime Bobby, mon fils. Il veut seulement ce qu'il y a de mieux pour nous. Tant que personne n'est blessé, c'est l'amour qui compte le plus, tu ne crois pas ?

— Les règles comptent, insista Gareth. Sinon c'est l'anarchie, et plus rien ne va.

Kyra recula.

— Je ne suis pas là pour me disputer avec toi, mais pour te donner une invitation.

Gareth fut immédiatement sur ses gardes.

— Quelle sorte d'invitation ?

— Brian et moi allons nous marier. Nous organisons une soirée de fiançailles en fin de semaine, et nous aimerions que tu sois là. Brian ne l'a pas dit, mais je sais que cela lui ferait très plaisir. Et qu'il espère que vous parviendrez tous les deux à oublier le passé. S'il te plaît, dis-moi au moins que tu vas y réfléchir.

Elle posa l'invitation sur son bureau et sortit. Gareth regarda fixement l'épaisse enveloppe couleur crème, se demandant comment Kyra pouvait croire un seul instant qu'il voudrait venir à leur soirée de fiançailles ou qu'il accepterait de repasser du temps avec Brian, alors qu'il ne pouvait plus lui faire confiance.

Pensaient-ils vraiment tous les deux que Gareth était capable de mettre de côté tout ce en quoi il croyait, toutes ses convictions, juste au nom de l'*amour* ?

CHAPITRE 8

Le lendemain matin, tout en s'habillant pour aller travailler, Anne se rendit compte qu'elle n'arrêtait pas de soupirer.

Que lui arrivait-il ?

Cela ne lui ressemblait pas de broyer du noir ainsi, et elle ne voulait surtout pas devenir une personne négative. Pourtant, la scène qui s'était déroulée avec Gareth la veille l'avait tenue éveillée pendant la moitié de la nuit. Elle ne pouvait s'empêcher de ressasser avec frustration le moment où ils avaient failli s'embrasser. Malgré son optimisme habituel, un autre soupir lui échappa.

Ces derniers mois, elle avait assisté au changement qui s'était produit chez son amie Phoebe, devenue bien moins cynique grâce à sa relation avec Patrick Knight. Anne espérait que l'inverse n'allait pas lui arriver.

Pourtant, elle s'était sentie si bien avec Gareth la veille, quand sa bouche avait frôlé la sienne. Comme si c'était naturel.

Anne avait passé des années à chercher l'homme parfait, se laissant même parfois convaincre par Phoebe et Tyce de rencontrer l'un de leurs amis. Avec le mariage de ses parents pour modèle, reconnaître la bonne personne lorsque celle-ci croiserait sa route lui semblait une évidence. Hélas, aucun des hommes avec qui elle était sortie n'avait touché son cœur.

Elle descendit dans la cuisine, fit chauffer de l'eau pour son thé et sortit un paquet de céréales du placard. Lorsqu'elle était dans les bras de Gareth sur le canapé, elle aurait pu jurer qu'il y avait un lien spécial et rare entre eux, que rien ne pouvait briser.

Du moins jusqu'à ce qu'il s'écarte d'elle.

Pourtant, s'il y avait vraiment eu quelque chose d'aussi fort entre eux, il aurait dû le sentir aussi, non ? Le véritable amour devait certainement être parfait, et non inspirer la confusion, faire fuir, ou…

Baissant les yeux, elle se rendit compte qu'elle était en train de verser le thé dans son bol de céréales.

— Zut !

Anne s'arrêta net. Elle ne se reconnaissait pas ce matin-là.

Il y avait autre chose qu'elle n'arrivait pas à comprendre. Ses parents avaient formé un couple si parfait, si heureux et si amoureux. Mais Gareth était au cœur d'une procédure judiciaire qui déchirait lentement le cœur d'Anne.

Cela ne voulait-il pas dire qu'il n'était certainement pas fait pour elle ?

Anne regrettait pourtant qu'il ne se soit pas penché vers elle pour l'embrasser la veille.

Abandonnant son petit déjeuner, elle retourna dans

le salon, où des dizaines de boîtes étaient toujours éparpillées par terre. Sur l'une d'elles se trouvait une photo de ses parents le jour de leur mariage.

Radieuse dans sa robe blanche, sa mère ressemblait à une princesse. Quant à son père, il était superbe en costume.

Felicity Andrews et le magazine *San Francisco* avaient l'intention d'utiliser la robe de mariée de sa mère pour la séance photos. Heureusement, Anne n'avait pas mis longtemps à la retrouver. Elle l'avait souvent sortie de sa boîte au fil des années, lorsqu'elle était à court d'idées. Il lui suffisait de penser à l'amour qu'il y avait toujours eu entre ses parents pour trouver l'inspiration.

Anne souleva la robe vers la lumière et l'examina avec un œil critique, comme elle le ferait avec une robe prête à être essayée par une mariée. Elle était très belle, mais Anne allait avoir du pain sur la planche pour la remettre en état. Le temps avait usé les broderies de perles, et certaines coutures étaient devenues lâches. Tout le travail devrait être réalisé à la main. Elle passa ses doigts sur la soie pour en vérifier l'état.

Sa mère lui avait dit que les perles lui avaient été offertes par son père spécialement pour la robe, et Anne se demanda alors s'ils les avaient choisies ensemble. Ou bien son père les avait-il rapportées d'un de ses voyages ? Il partait souvent seul en tournée pour ses livres.

Sur un coup de tête, elle sortit son téléphone de sa poche et appela Rose.

— Salut, Anne, dit Rose en décrochant au bout

d'une sonnerie. Comment vas-tu ?

— Très bien, répondit mécaniquement Anne. Je viens de commencer à travailler sur la robe de ma mère pour la séance photo

— Ce numéro spécial est vraiment important pour nous, dit Rose. Il devrait nous faire beaucoup de publicité, et à toi en particulier.

— J'espère, dit Anne. Je vais ainsi avoir l'occasion de passer en revue toutes les vieilles affaires de mes parents.

— Ah ! dit Rose. Les fameuses boîtes.

— Oui ! (Rose aimait la taquiner sur les nombreuses boîtes qui s'entassaient chez elle, dans les placards et tous les recoins. Son téléphone collé à l'oreille, Anne sortit la boîte à couture que Rose lui avait offerte pour son dernier anniversaire, et commença à défaire avec précaution le fil de la broderie perlée là où il était usé.) Ma mère passait son temps à coudre, tu te souviens ? demanda-t-elle, sans s'arrêter de travailler.

À leur retour de l'école, sa mère les accueillait toutes les deux avec du lait et des biscuits. Elle s'asseyait alors avec elles et les écoutaient raconter leur journée, tout en réalisant de jolies broderies de perles de ses doigts agiles.

— Oui, elle adorait cela, mais c'était aussi pour elle une manière de s'occuper, dit Rose. Surtout quand ton père n'était pas là.

C'était vrai. Son père était souvent absent, et la maison était très calme sans lui.

— Beaucoup de couples passent du temps séparés, fit remarquer Anne. Regarde Tyce et Whitney.

— C'est vrai, mais dès que Whitney aura obtenu son diplôme de vétérinaire, ils ont l'intention de s'installer ensemble pour de bon.

— Et Phoebe et Patrick ?

— Ils font si souvent la navette entre San Francisco et Chicago que je ne sais jamais si j'aurai une fleuriste, dit Rose.

— Mais ils sont très amoureux, tu ne crois pas ? Comme Donovan et toi. Tu ne le vois peut-être pas tous les jours parce qu'il travaille tellement, mais vous avez vraiment envie de passer le reste de votre vie ensemble.

— C'est le projet, dit Rose d'une voix détachée. (Son ton se fit alors plus sérieux.) Est-ce une manière détournée de me parler de ce qui s'est passé avec le détective hier ?

— Tout ce que je veux dire, c'est que ce n'est pas parce que mon père était parfois absent que quelque chose n'allait pas.

— Je le sais bien, répondit Rose. Ton père n'avait pas le choix, il était bien obligé de partir en tournée pour son travail.

— Exactement.

Anne revit soudain avec précision sa mère debout près de la fenêtre, en train de regarder s'éloigner le taxi qui emmenait son père vers l'aéroport, une fois de plus. Elle essayait de rester courageuse devant sa fille, mais sa souffrance était perceptible.

— Maman avait l'air tellement seule parfois, c'est vrai, mais cela montre simplement à quel point ils s'aimaient, non ? Ils tenaient tant l'un à l'autre que chacune de leurs séparations était douloureuse. Ce n'est pas pareil pour Donovan et toi ?

— Je le vois presque tous les jours. D'ailleurs, il va arriver d'une minute à l'autre.

— Zut ! tu aurais dû me dire que j'appelais à un mauvais moment.

— Anne, j'ai toujours le temps pour toi. Et, si tu as besoin de parler…

— Dis bonjour à Donovan de ma part. Je ferais mieux de me remettre au travail, dit-elle, avant de raccrocher et de reprendre la robe.

Anne se souvenait que sa mère comptait presque les minutes qui la séparaient du retour de l'homme qu'elle aimait. C'était romantique, d'une certaine façon. Quoi qu'il en soit, il était bien trop douloureux de donner un autre sens à cette attitude. Anne chassa cette idée de sa tête et se concentra pour enfiler le fil dans le chas de l'aiguille et commencer à remettre en état les broderies de perles. Ce n'était pas un travail difficile d'un point de vue technique, mais il nécessitait de l'application et de la patience.

Seules les photographies du grand jour ainsi que son imagination fertile lui permettaient de se représenter le mariage de ses parents, mais cela ne l'empêchait pas de sentir leur amour mutuel à chaque fois qu'elle touchait la robe. Il lui suffisait de …

— Aïe !

Elle suça son doigt jusqu'à ce qu'il ne soit plus

douloureux, et quand elle fut certaine qu'elle ne tacherait pas la robe avec son sang, elle tenta de se reconcentrer sur son travail. C'était plus délicat que prévu : elle devait coudre avec délicatesse pour ne pas déchirer la soie, mais faire des points suffisamment robustes pour consolider les broderies.

Anne avait presque le nez sur le tissu et travaillait en plissant les yeux, s'efforçant de ne pas penser à Gareth, à la procédure, ou…

Elle s'arrêta en remarquant qu'elle avait fait un accroc sur le tissu fragile de la robe. Si elle ne faisait pas plus attention, il pourrait se déchirer.

Reconnaissant que ce n'était pas son jour, elle mit la robe de sa mère de côté. Elle savait qu'elle devrait travailler, mais elle ne voulait surtout pas faire plus de dégâts qu'elle n'en avait déjà fait.

Que lui arrivait-il ?

Un coup d'œil à sa montre lui fournit la réponse qu'elle cherchait. La séance de médiation allait débuter dans quinze minutes.

Anne avait essayé de l'oublier toute la matinée, en pensant à ses parents, à la robe, en téléphonant à Rose… Elle ne voulait surtout pas penser à ce qui l'attendait : être assise en face d'une femme qui prétendait être sa sœur et essayer de garder son calme tandis qu'un médiateur proférait des accusations sur son père.

Gareth lui avait pourtant clairement expliqué que c'était selon lui la seule manière d'empêcher que cette affaire aille plus loin. Et elle lui avait promis qu'elle irait.

À l'idée de revoir Gareth, Anne eut un vrai sourire pour la première fois de la journée. Elle savait qu'il n'entrerait pas dans la salle où aurait lieu la médiation, mais elle pouvait se l'imaginer en train de les attendre, debout devant la porte, aussi beau que le soir où elle l'avait aperçu pour la première fois devant sa maison.

Lorsque la vérité au sujet de son père aurait été rétablie, Anne rirait avec Gareth de toute cette histoire insensée, puis, peut-être pourraient-ils continuer ce qu'ils avaient commencé la veille. Cette fois, il ne s'écarterait pas au dernier moment. Et quand tout serait enfin rentré dans l'ordre, elle s'appliquerait à redonner son éclat d'origine à la superbe robe de mariée de sa mère.

CHAPITRE 9

Anne s'attendait à une salle d'audience, ou tout au moins à la présence d'un juge, et non à une petite salle de conférence dans le palais de justice. Très élégant, Gareth attendait debout devant la porte. Il était vêtu comme à l'ordinaire d'un costume impeccable, si formel qu'Anne était tentée de le serrer dans ses bras juste pour le froisser un peu.

Une jeune femme se tenait à côté de lui, sans doute Jasmine Turner. Elle était blonde avec des yeux bleus, mais Anne trouva que sa ressemblance avec elle s'arrêtait là. Elle la regarda droit dans les yeux avec un éclat dur qu'Anne n'avait encore jamais vu, ni dans les yeux de son père, ni dans les siens.

Malgré tout, Anne allait s'efforcer d'être dans de bonnes dispositions envers Jasmine Turner, car cela ne lui ressemblait pas de détester quelqu'un au premier regard. Lorsqu'on prenait le temps de connaître les gens, on se rendait compte qu'ils étaient la plupart du temps plus gentils qu'on avait pu le penser au départ.

— Bonjour, Anne, dit Gareth. Voici Jasmine Turner, et Richard Wells, son avocat.

— Elle est en retard, dit sèchement Jasmine. La médiatrice est déjà dans la salle.

— Je suis au beau milieu d'un projet très important, et j'ai été prévenue au dernier moment de l'organisation de cette réunion. J'aimerais savoir combien de temps elle va durer, dit Anne. Je dois retravailler toutes les broderies d'une robe et…

— Cela ira plus vite si vous arrêtez de parler de robes, fit remarquer Jasmine sur un ton cassant.

L'avocat à la chevelure grise ouvrit la porte de la salle de médiation.

— Nous allons débuter la séance, si vous le voulez bien, dit-il, s'efforçant visiblement de calmer le jeu.

Anne hocha la tête. Plus vite ils commençaient, plus vite elle pourrait leur expliquer à quel point cette histoire était ridicule.

— Dès que vous êtes prêts.

— C'est déjà le cas depuis cinq minutes, dit Jasmine en levant les yeux au ciel.

Gareth intervint sur un ton conciliant.

— N'oubliez pas que l'objectif de cette réunion aujourd'hui est d'essayer de parvenir à un accord à l'amiable.

Anne avait envie de sauter au cou de Gareth pour le remercier de ce rappel à l'ordre. L'avocat et les deux jeunes femmes entrèrent dans la salle de conférence, laissant Gareth près de la porte. Une femme en tailleur gris était assise au bout d'une grande table de conférence. Elle les regarda au-dessus de ses lunettes. Jasmine et

Richard se dirigèrent d'un côté de la table, tandis qu'Anne allait s'installer de l'autre côté. Elle fit de son mieux pour garder son attitude joyeuse habituelle, et sourit à la médiatrice en s'asseyant.

— Vous devez être Jasmine Turner et Anne Farleigh, dit la médiatrice, s'adressant aux deux jeunes femmes plutôt qu'à l'avocat. Je suis Rebecca Williams, et je vais animer cet entretien. Nous allons essayer d'éviter que cette affaire ne passe devant le tribunal. J'aimerais que vous parliez de façon ouverte et courtoise. Je suis consciente que c'est difficile dans ces circonstances délicates, mais je ne laisserai pas la discussion dégénérer en dispute. Vous aurez chacune l'occasion de dire ce que vous avez à dire, mais vous devrez également vous laisser parler sans vous couper la parole. (Elle se tourna vers Jasmine.) Si j'ai bien compris, Ms. Turner réclame la moitié des biens d'Edward Farleigh ?

— C'est exact, dit Jasmine. C'est la part dont j'aurais dû hériter il y a des années. Je demande seulement ce qui me revient de droit.

La médiatrice se tourna vers Anne.

— Et vous, Ms. Farleigh, vous vous opposez à cette demande parce que…

— Parce que c'est absurde, dit Anne. Je suis désolée, mais jamais mon père n'aurait trompé ma mère. Je refuse de croire qu'il ait pu avoir une autre famille.

— Et pourtant c'est le cas ! insista Jasmine.

La médiatrice leva la main.

— Ms. Turner, expliquez-nous pourquoi vous pensez

qu'Edward Farleigh est votre père.

Richard Wells ouvrit le dossier qu'il avait apporté et le fit glisser devant sa cliente.

— Ma mère m'a élevée seule, mais il y avait un homme qui venait parfois chez nous quand j'étais petite. Je ne savais pas qui c'était, mais en grandissant, j'ai commencé à poser des questions sur mon père. Je ne pouvais m'empêcher de me demander si c'était cet homme. Il y a quelques mois seulement, ma mère m'a enfin révélé le nom de mon père biologique. Il s'appelle Edward Farleigh.

— Peut-être que votre mère vous a seulement donné un nom pour que vous arrêtiez de poser des questions, dit Anne, s'efforçant de trouver une explication.

— Ma mère ne ferait pas cela.

— Et mon père n'aurait jamais eu de relation avec quelqu'un d'autre que ma mère, répliqua Anne. Il l'aimait trop.

— Nous sommes ici pour discuter des faits d'une affaire, leur rappela Ms. Williams, par pour spéculer sur les motivations.

Jasmine hocha la tête.

— Très bien. Voici des faits : j'ai vu la photo d'Edward Farleigh dans un journal, j'ai reconnu l'homme qui venait chez nous quand j'étais petite, et j'en ai parlé à ma mère, qui a fini par reconnaître qu'il était mon père.

— Votre mère est-elle là pour confirmer cela ? demanda Ms. Williams.

Jasmine parut légèrement mal à l'aise et s'agita sur son siège.

— Elle a dit … qu'elle ne souhaitait pas être impliquée dans cette affaire

Anne sourit intérieurement. Comment pouvait-on croire cette femme, alors que sa propre mère ne voulait pas prendre part à la procédure ?

— Si votre mère refuse d'être mêlée à cette histoire, dit Anne, c'est que vous avez dû faire une erreur. Peut-être que quelqu'un pourrait vous aider à trouver votre vrai père ? Quelqu'un comme Gareth ?

Jasmine leva les yeux au ciel.

— C'est lui qui nous a aidées à reconstituer le reste de l'histoire.

— Cet homme que vous prenez pour votre père, combien de fois l'avez-vous vu ? Deux ou trois fois ?

— Je dirais plutôt une douzaine. En comparant les dates de ses visites et de la liaison qu'il a eue avec ma mère avec celles des voyages professionnels d'Edward Farleigh, nous avons constaté qu'elles coïncidaient.

— Vous êtes sûre que vous n'avez pas plutôt adapté vos souvenirs aux dates des tournées de mon père ? demanda Anne. Si vous vouliez vraiment qu'il soit votre père…

— Il est vraiment mon père ! lui cracha Jasmine à la figure.

— Intéressons-nous plutôt aux dates, les interrompit Ms. Williams. Cela sera un point de départ.

Jasmine serra fermement ses papiers et commença à

énumérer les dates.

Anne ne voyait pas l'intérêt de lire cette liste. Elle était encore petite à l'époque et ne se souvenait pas des dates exactes des tournées de son père.

Mais l'une d'elles la fit soudain réagir.

— Vous avez dit le 17 mai ? demanda-t-elle, sans pouvoir s'empêcher de rire.

C'était terminé. Enfin terminé.

— Pourquoi est-ce si drôle ? demanda Jasmine. Vous croyez que c'est une plaisanterie ?

Ms. Williams intervint.

— Ms. Farleigh, pourquoi ne nous expliquez-vous pas ce qui s'est passé le 17 mai ?

Anne sourit.

— C'est mon anniversaire. Pensez-vous vraiment que mon père, ou n'importe quel père d'ailleurs, aurait manqué l'anniversaire de sa fille pour être avec une autre famille ? C'est ridicule.

Jasmine se leva, et son avocat prit la parole.

— La médiation ne fonctionnera manifestement pas. Merci pour le temps que vous avez pris, Ms. Williams.

Jasmine sortit de la pièce à grands pas, sans un regard pour Anne. Richard Wells emboîta précipitamment le pas à sa cliente.

Mais Anne s'en moquait bien. Elle remercia la médiatrice puis sortit vivement de la pièce pour aller retrouver Gareth près de la porte.

Il la regarda avec inquiétude.

— Comment ça s'est passé ?

Anne lui adressa un grand sourire.

— Je suis contente que vous m'ayez convaincue de venir aujourd'hui.

— Ah bon ? demanda Gareth, sans cacher son étonnement.

— Oui. (Anne s'approcha de lui et le serra dans ses bras.) Merci. Si je n'étais pas venue, ce cauchemar ne serait pas terminé.

Gareth haussa les sourcils.

— Terminé ? Vous avez déjà trouvé un terrain d'entente avec Jasmine ? Je suis surpris que Richard ne m'ait rien dit en sortant… Il n'avait pourtant pas l'air ravi.

— Non, il n'y a pas eu d'accord. Je lui ai simplement expliqué la raison pour laquelle il était impossible qu'elle soit ma sœur. Sa propre mère a refusé de défendre sa cause, c'est tout de même révélateur, non ?

— Anne, dit-il doucement. Je ne suis pas certain que les choses vont se régler aussi facilement. Pouvez-vous me raconter tout ce qui s'est passé ?

— Je suis obligée ? demanda Anne. J'ai juste envie de mettre cette stupide histoire derrière moi et de recommencer à vivre normalement.

— Je me sentirais beaucoup mieux si vous me racontiez.

Anne réfléchit un instant. Le plus raisonnable serait de rentrer chez elle pour travailler sur la robe de Felicity Andrews et sur celle de sa mère. Mais l'alternative était de passer du temps avec Gareth, et elle n'hésita pas longtemps.

Surtout en repensant à leur moment d'intimité de la veille.

— D'accord, répondit-elle. Je vais tout vous raconter. Mais seulement si vous acceptez d'aller déjeuner.

CHAPITRE 10

Gareth aurait évidemment dû refuser. Les détectives privés n'allaient pas déjeuner avec la partie adverse, sauf si c'était pour essayer de la convaincre d'accepter un accord. Et le fait qu'Anne soit une femme aussi merveilleuse, quoique impossible à raisonner, ne devait certainement pas entrer en ligne de compte.

Alors pourquoi était-il assis en face d'elle dans un petit restaurant avec une vue sur le pont du Golden Gate, les yeux plongés dans les siens ?

Officiellement, c'était pour qu'elle lui raconte la séance de médiation. Mais la véritable raison était qu'il avait été incapable de lui dire non. Il était tombé sous son charme dès le premier instant où son regard s'était posé sur elle, alors qu'elle marchait sous la pluie.

Malgré tout, il devait essayer de garder une attitude professionnelle.

— Alors dites-moi, comment s'est déroulée la médiation ?

Anne fit la moue.

— Ne pouvons-nous pas faire encore un peu semblant de juste apprécier un bon déjeuner ensemble ?

Gareth n'avait pas besoin de faire semblant avec Anne. Il se rendit compte avec étonnement qu'il n'était pas encore prêt à gâcher le moment en demandant plus de détails à Anne sur ce qui s'était passé avec Jasmine.

— Vous avez toujours vécu à San Francisco ?

En réalité, il connaissait déjà la réponse grâce aux recherches qu'il avait dû faire pour le dossier. Mais il avait juste envie d'entendre Anne parler. Elle avait une belle voix, pleine d'espoir et d'optimisme. Il aurait pu l'écouter toute la journée.

De plus, écouter Anne raconter son histoire était tout autre chose que d'étudier une liste de faits qu'il avait compilés à son sujet. D'une part, il ne ressentait pas son enthousiasme contagieux en regardant son document. D'autre part, cette liste ne pouvait contenir tous les petits détails et nuances subtiles qui faisaient d'un étranger une personne en chair et en os.

— Oui, et j'ai toujours vécu dans la même maison. Et vous ?

— Je n'habite pas très loin d'ici. Je me suis installé à San Francisco parce qu'on m'a proposé un poste intéressant dans la police, avant que... avant que je me mette à mon compte.

Elle resta un instant songeuse avant de réagir.

— Vous devez donc connaître tous les endroits à voir à San Francisco.

Il se demanda comment elle avait su qu'il ne voulait pas parler des raisons l'ayant conduit à quitter la police.

— À vrai dire, je reste le plus souvent dans mon

quartier, sauf quand je dois bouger pour mon travail.

— Vous n'êtes jamais parti à la recherche de petits coins atypiques ? demanda Anne avec un air surpris, comme si elle n'arrivait pas à croire qu'il puisse exister des gens qui n'aient pas envie de découvrir la ville.

— Monter ma propre affaire m'a accaparé, dit-il, sans vraiment croire à son excuse.

Anne secoua la tête en souriant et se pencha au-dessus de la table pour prendre les mains de Gareth dans les siennes.

— Il y a tellement de choses magnifiques à voir à San Francisco. Il suffit de regarder autour de soi. Venez avec moi.

Elle se leva, sans lâcher Gareth. Gareth sentit une force inattendue dans les petites mains d'Anne, pas aussi délicates qu'on aurait pu le croire.

— Pour aller où ? demanda Gareth. Vous ne voulez pas déjeuner ?

— Oui, mais plus tard. (Elle lui sourit.) Je vais d'abord vous montrer ce que vous avez raté. (Anne le tira vers la porte avec un enthousiasme visible. La lueur de défi qui brillait dans ses yeux pétillants n'échappa pas à Gareth.) Qu'est-ce que vous avez à perdre ?

Peut-être beaucoup, étant donné qu'il n'aurait même pas dû accepter de venir déjeuner avec elle en premier lieu.

Pourtant, il lui fut étrangement facile de chasser cette idée de son esprit et de se laisser conduire hors du restaurant par Anne.

— Anne, nous venons juste de dépasser ma voiture.

— L'endroit où je vous emmène n'est pas loin, et c'est une belle journée.

Trop occupé à penser à la médiation, à la procédure, et surtout à Anne, Gareth n'avait pas vraiment fait attention au temps qu'il faisait. Mais elle avait raison, il y avait un magnifique soleil.

— Très bien, allons-y à pied alors.

Elle passa son bras sous le sien et ils descendirent la rue.

— Je suis toujours émerveillée par le nombre de choses que l'on peut découvrir quand on prend le temps de regarder. Des choses inattendues.

— M'emmenez-vous voir les Painted Ladies ? demanda Gareth.

Il était passé plusieurs fois en voiture devant les sept maisons victoriennes aux couleurs vives. Peut-être Anne pensait-elle qu'il ne les avait pas encore bien observées.

— Oh, non, je suis sûre que vous les connaissez déjà, dit Anne.

Il comprit à son sourire mystérieux qu'elle n'avait pas l'intention de gâcher la surprise en lui révélant où ils allaient.

Ils entrèrent dans un petit parc et empruntèrent des allées bordées de verdure. Ils avaient beau être tout près du restaurant, Gareth eut l'impression de se retrouver soudain loin de la ville.

— Vous les avez repérées ?

— Repéré quoi ?

Gareth regarda autour de lui mais ne vit que des fleurs, des arbustes et un ou deux arbres. À quoi Anne faisait-elle allusion ? Il regarda de nouveau, plus attentivement cette fois, scrutant lentement l'espace qui l'entourait.

Il finit par remarquer quelque chose d'étrange.

Des plantes jaillissaient de vieilles baskets, de talons aiguille, de souliers d'homme, et même de bottes. Il s'agissait essentiellement de fleurs de massifs, mais quelques spécimens de taille plus importante dépassaient de sandales, permettant aux racines de s'étendre.

— C'est beau, non ? dit Anne.

L'ensemble aurait pu être chaotique, voire ressembler à un dépotoir.

Pourtant, ce « jardin de chaussures » aux mille couleurs était magique. C'était à la fois étrange et beau. Il regarda autour de lui en souriant, étonné que quelqu'un ait pu avoir une telle idée.

— Qui a fait cela ?

— Des gens se sont mis à planter des fleurs dans de vieilles chaussures.

— Le résultat aurait pu être vraiment raté, lui dit-il, n'en revenant toujours pas.

Anne sourit.

— Sans doute, mais heureusement ce n'est pas le cas.

Elle l'emmena alors vers un endroit du parc où se trouvaient des bacs remplis de terre avec des plantes à repiquer. Gareth devina sans mal ce qu'elle avait en tête.

— Oh, non. Pas question !

— Tout le monde devrait le faire au moins une fois.

Elle retira sans hésitation ses belles chaussures à talon, assorties à la robe qu'elle portait. Gareth supposa qu'elle les avait customisées elle-même, ou bien qu'elle avait cousu la robe qui irait avec les chaussures.

— Vous allez vraiment planter une fleur dans ces chaussures ?

— Bien sûr. Allez, essayez ! Vous ne le regretterez pas.

Il hésita un moment, en raison du prix que lui avaient coûté ses chaussures. Mais quelques instants plus tard, Gareth se pencha pour défaire ses lacets.

Ils choisirent ensemble une plante pour chacun de leurs souliers puis se mirent au travail.

Anne mit ses chaussures à côté de celles de Gareth.

— Voilà, dit-elle. Cela fait du bien, non ?

Il devait admettre qu'elle disait vrai. Ils sortirent du parc en marchant sur la pointe des pieds, Gareth en chaussettes noires, et Anne pieds nus. À ce moment-là, il eut l'impression qu'il pouvait tout lui dire.

Mais il n'avait pas vraiment envie de parler de la procédure pour le moment.

— Vous vous souvenez quand je vous ai dit tout à l'heure que j'avais quitté la police ?

— Oui. À votre voix, je me suis demandé s'il s'était passé quelque chose pour vous faire partir.

— Brian, mon partenaire, a rencontré une femme et est tombé amoureux d'elle.

— Ce n'est pas la raison pour laquelle vous avez

quitté la police, je suppose ?

— Pas directement, poursuivit Gareth. Mais cette femme a un fils qui s'est mis dans le pétrin parce qu'il avait de mauvaises fréquentations. Ses amis n'ont pas hésité à lui demander de transporter de la drogue pour eux, mais Brian a décidé de fermer les yeux. (Gareth songea alors qu'il devait lui dire toute la vérité.) En fait, c'est pire que cela. Il a « perdu » une partie des preuves.

— Il a fait cela simplement par amour ?

— Oui, mais c'était illégal. Je savais que la chose à faire était de le dénoncer, mais je n'en ai pas été capable. J'ai donc préféré quitter la police.

Anne leva les yeux vers lui, mais resta un instant silencieuse.

— Pourquoi me racontez-vous cela ?

— Je veux que vous sachiez à quel point la loi est importante pour moi. Je ne peux pas simplement l'ignorer, même si je le veux.

— Parce que vous voulez toujours agir comme il faut, dit Anne en levant la main pour toucher son visage.

— Je ne peux pas m'en empêcher, et pas simplement dans mon travail. Je suis ainsi.

— Et quelle serait la chose à faire maintenant ? murmura-t-elle.

— Je devrais y aller, répondit-il à voix basse, mais je n'y arrive pas.

Il se pencha alors vers elle et l'embrassa.

CHAPITRE 11

Anne s'abandonna dans les bras de Gareth. Quand ils se séparèrent enfin, elle le regarda avec intensité, tout essoufflée. Gareth était un perfectionniste… même quand il embrassait, songea-t-elle.

Son baiser avait été parfait.

— As-tu conscience que le trajet jusqu'à ma voiture va être long sans chaussures ? demanda Gareth.

Même s'il était visiblement troublé par ses sentiments pour elle, il lui souriait.

Anne sentit son cœur chavirer. D'ordinaire, Gareth affichait toujours un air sérieux, comme si la vie n'était pas faite pour s'amuser.

— Nous ne sommes pas pressés, non ? demanda-t-elle

— C'est vrai, répondit lentement Gareth. Tu n'as pas tort.

Anne apprécia le fait qu'il prenne du temps pour elle.

Tandis qu'ils marchaient, il lui caressait inconsciemment la paume de la main avec son pouce en dessinant des cercles, et elle savourait ce contact sensuel. Elle aimait aussi la façon dont il contemplait la ville autour d'eux comme s'il la voyait pour la première fois, sans cesser cependant de lui jeter des regards. Oh, oui ! il lui plaisait vraiment, c'était certain.

Peut-être même était-elle en train de tomber amoureuse de lui, songea-t-elle avec une légère sensation de vertige.

— Que dirais-tu de retourner au restaurant ? suggéra-t-elle. Je ne sais pas si c'est ton cas, mais j'ai faim.

— Sans doute parce que nous sommes partis avant d'avoir eu le temps de déjeuner.

— J'étais trop impatiente de te faire découvrir le coin, expliqua-t-elle en riant. Mais je crois que cela en valait la peine, non ?

— Absolument.

Ils retournèrent au restaurant et passèrent enfin commande. Anne mourait d'envie de se pencher au-dessus de la table et d'attirer Gareth vers elle pour l'embrasser encore.

Mais elle voulait aussi profiter du moment, et prendre son temps avant de passer à la suite, du moins elle espérait qu'il y aurait une suite.

Leur attirance physique était bien sûr importante, mais elle voulait apprendre à le connaître vraiment pour tisser un lien affectif avec lui.

— Tu as toujours voulu devenir détective ?

— Quand j'étais petit, je voulais être joueur de football américain, répondit Gareth en riant. Mais après m'être cassé le nez une deuxième fois, j'ai abandonné cette idée.

— C'est à ce moment-là que tu as décidé d'entrer dans la police ?

Il secoua la tête avec une expression redevenue sérieuse.

— Mon père était un homme honnête. C'est lui qui m'a appris l'importance d'obéir aux règles. Il était sévère, mais c'était un homme bon. Il l'a toujours été. (Gareth pinça les lèvres.) Un jour, son employeur l'a accusé d'avoir puisé dans les caisses. Mon père était innocent, et il n'y a jamais eu de réelle preuve, mais il a malgré tout été renvoyé. Notre situation familiale est devenue difficile.

— Oh, Gareth, je suis désolé. Cela a dû être terrible.

— Oui. Mais heureusement, un des inspecteurs de police chargés de l'affaire a commencé à creuser plus loin car il a senti que quelque chose ne collait pas. Il ne pouvait pas supporter l'idée qu'un homme avec une femme et de jeunes enfants soit puni injustement.

— A-t-il fini par prouver l'innocence de ton père ?

Gareth hocha la tête, retrouvant enfin le sourire.

— Oui. Maintenant, c'est ton tour. Décris-moi la plus belle robe que tu as créée.

Il fut surpris du vif intérêt avec lequel il l'écouta parler des caractéristiques du velours et de la soie, des différents types de clients avec lesquels elle travaillait, et du sentiment de fierté et d'étonnement qu'elle éprouvait quand elle regardait une mariée le jour de son mariage, en sachant qu'elle avait eu un rôle à jouer dans l'événement le plus important de sa vie.

— Est-ce qu'on prend un dessert ?

Anne n'avait envie que d'une seule chose pour le dessert : Gareth. Elle s'abstint cependant de le dire car elle ne voulait pas aller trop vite avec lui.

— Je devrais sans doute rentrer chez moi. Est-ce que je t'ai dit que j'avais une séance photo prévue avec le magazine *San Francisco* pour mes robes de mariée ?

— Tu passes une demi-journée à fleurir des chaussures avec moi dans un jardin alors que tu dois te préparer à un événement si important ?

— Je suis prête à tout pour t'empêcher d'enfiler ton imper noir et d'aller suivre des malfaiteurs dans des ruelles sombres, le taquina-t-elle.

Gareth se mit à rire.

— Je reconnais que cette promenade avec toi dans le jardin de chaussures était bien plus amusante.

Il la ramena en voiture et la raccompagna jusqu'à sa porte. Il serait si facile – et tellement merveilleux – d'inviter Gareth chez elle. Elle pourrait simplement lui proposer de prendre un café.

Ou bien être beaucoup plus directe et l'embrasser tout simplement.

Mais, bien qu'elle se sentît attirée par lui plus que jamais, elle savait au fond d'elle qu'il était préférable de ne pas précipiter les choses. De laisser leur relation se construire naturellement.

Bien sûr, elle pourrait inviter Gareth à entrer et passer une nuit fantastique avec lui… Mais elle avait envie de beaucoup plus que cela.

Il en allait de même avec les robes qu'elle créait. Elle était capable d'assembler des morceaux de tissu et de coudre une robe correcte en un après-midi, mais elle n'en serait pas satisfaite.

La robe ne serait pas parfaite, et certainement pas digne du plus beau jour de la vie de deux personnes sur le point de se marier.

— Merci pour aujourd'hui, dit-elle. J'ai passé un très bon moment.

Gareth se pencha vers elle, et, l'espace d'un instant, elle crut qu'il allait l'embrasser. Elle se demanda combien de temps elle résisterait s'il le faisait. Sans doute pas longtemps.

Mais il se contenta de déposer un baiser sur sa joue.

— Au revoir, Anne.

Elle regarda la voiture de Gareth s'éloigner, en se demandant combien d'hommes aussi délicats elle avait déjà rencontrés.

Et combien d'hommes aussi parfaits sous tous rapports ?

Anne ferma les yeux et sourit intérieurement, songeant que les choses ne pourraient pas mieux aller pour elle.

Il s'avéra pourtant que c'était possible. Dès son arrivée chez elle, Anne ramassa la robe de mariée de sa mère et se mit à faire avec une grande facilité ce qui lui avait semblé si difficile plus tôt dans la journée, recousant les bords brodés de la robe avec agilité.

Anne savait bien qu'on ne pouvait pas précipiter les

choses pour les rendre comme elles devaient être. Il suffisait de leur accorder le soin et l'attention dont elles avaient besoin, et d'attendre le moment venu.

Elle repensa alors au baiser de Gareth dans le parc. Il était tellement facile de parler avec lui, tellement merveilleux de passer du temps avec cet homme parfait.

La journée avait finalement été très bonne, songea-t-elle avec un sourire en poursuivant son travail.

Presque parfaite.

CHAPITRE 12

Gareth arriva tôt au bureau le lendemain matin. L'après-midi qu'il avait passé avec Anne l'avait revigoré : son amour pour la vie lui donnait envie d'être un homme meilleur. Elle l'avait amené à réfléchir à son travail, en particulier à la raison pour laquelle il était détective privé. Il savait exactement pourquoi il était devenu policier, et il souhaitait avoir les mêmes certitudes que par le passé.

Margaret s'était absentée pour emmener son plus jeune fils chez le dentiste, aussi Gareth décrocha-t-il quand le téléphone sonna.

— Cavendish Enquêtes.

— Gareth, (Il reconnut immédiatement la voix de Richard Wells.) j'ai à te parler.

— Que puis-je faire pour toi, Richard ?

— Pourrais-tu récupérer un peu d'ADN de la fille Farleigh ?

Même s'il s'était empêché d'y penser, Gareth savait au fond de lui que cela arriverait. Il demanda malgré tout des précisions :

— Jasmine veut faire un test ADN pour prouver qu'elle a le même père qu'Anne ?

— Exactement. Le mieux serait de persuader la fille Farleigh de donner son ADN. C'est simple, cela fournira une preuve formelle et mettra un terme à la situation absurde à laquelle a abouti la séance de médiation.

Gareth prit plusieurs inspirations lentes et profondes pour apaiser la colère qu'il avait senti surgir en lui en percevant le dédain dans la voix de Richard, quand il avait parlé d'Anne.

— Tu es conscient qu'il ne sera pas facile de lui faire accepter ce test, n'est-ce pas ?

— À en croire la façon dont vous parliez ensemble devant la salle de médiation, j'ai l'impression que tu la connais plutôt bien maintenant. (L'avocat lâcha un ricanement lourd de sous-entendus, et Gareth serra les poings.) Cela t'aidera sans doute à la convaincre.

— Tu veux que ce soit moi qui la persuade de se soumettre au test ?

— C'est pour cela que je te paye.

— Et si Anne refuse ?

— Tu as bien réussi à la faire venir à la médiation, non ? dit sèchement Richard. Je suis sûr que si tu lui expliques que l'alternative est d'exhumer le corps de son père pour en prélever un échantillon d'ADN, elle sera beaucoup plus disposée à accepter.

Gareth avait vu et entendu beaucoup d'horreurs pendant ses années dans la police, mais malgré tout il fut choqué.

— Tu serais vraiment prêt à faire cela ?

— Sans hésitation. Mais il serait plus simple que tu

« trouves » simplement un échantillon. Je me moque de la façon dont tu le fais, dit Richard. Mais fais-le.

Il raccrocha, et Gareth resta un instant sans bouger, le téléphone dans la main.

— On dirait que tu as vu un fantôme, dit Margaret en entrant dans le bureau. Qu'est-ce qui ne va pas ? (Il resta silencieux.) Ne m'oblige pas à deviner comme je dois le faire avec mes adolescents.

— Richard veut que je persuade Anne de fournir un échantillon d'ADN.

Elle fronça les sourcils.

— Cela n'a rien d'étonnant dans un cas comme celui-ci. Quel est le problème, Gareth ?

Le problème était que dans ce genre d'affaires, les gens ne demandaient pas de test ADN à moins d'être sûrs du résultat.

— Cela va l'anéantir.

Margaret s'approcha de lui et posa la main sur son bras.

— Tu n'y seras pour rien.

— Tu ne crois vraiment pas que je serai responsable, si c'est moi qui pousse Anne à faire un test prouvant que son père a trompé sa mère ? La vision qu'elle a de ses parents va s'en trouver détruite.

— Non, insista Margaret. Le seul coupable sera son père, pour avoir trompé sa mère. Tu dois faire ton travail. Tout ce que tu peux faire, c'est d'essayer de rendre les choses aussi faciles que possible. Et je pense que jusqu'à présent tu as fait preuve de plus de gentillesse envers Anne Farleigh qu'envers n'importe qui.

Gareth secoua la tête.

— Mais c'est *moi* qui l'entraîne dans cette affaire.

Margaret soupira théâtralement.

— Ce n'est pas facile de travailler pour un détective privé qui a une conscience. À ce rythme, je ne vais jamais réussir à payer les études de mes enfants. (Elle s'interrompit et lui adressa un petit sourire.) Mais je savais exactement qui tu étais quand je suis partie avec toi, Gareth. Tu es l'une des meilleures personnes que je connaisse. Et tu as besoin de faire ce qu'il faut.

Gareth décrocha alors le téléphone avec une expression déterminée.

— Gareth ? dit Richard Wells. C'était rapide. Tu as déjà réussi à régler cette histoire de test ?

— Non, répondit Gareth.

— Alors tu m'appelles pour me parler d'autres problèmes ? Je ne suis pas là pour te tenir la main pendant que tu fais ton travail.

— Je voulais justement te parler de mon travail, dit Gareth sans hésiter. Je démissionne.

— Quoi ?

— Je ne travaillerai plus pour toi sur cette affaire.

Un silence se fit pendant quelques secondes à l'autre bout de la ligne.

— C'est une plaisanterie, n'est-ce pas ? Tu as fait l'erreur de devenir trop proche d'Anne Farleigh, et maintenant tu me dis que tu ne peux plus faire ton travail.

— Alors ce n'est pas plus mal que je démissionne, nous sommes d'accord, dit Gareth. C'est terminé, Richard.

— Très bien, répondit Richard. Ne t'imagine pas que mon cabinet continuera à te donner du travail. Ou nos clients. Oh, ne t'empresse surtout pas d'aller raconter tout ce que tu sais à Anne Farleigh.

— Je ne travaille plus pour toi, fit remarquer Gareth.

— Peut-être as-tu oublié que tu avais signé un accord de confidentialité en acceptant ce travail ? Relis le contrat, et tu verras ce qu'il t'en coûtera si tu souffles ne serait-ce qu'un mot de cela à Anne Farleigh.

— Il y a une minute à peine, tu voulais que je la persuade de se soumettre à un test ADN.

— Et nous le ferons, dit Richard. Je crois que si nous choisissons bien notre moment, peut-être qu'elle cédera.

— Tu ne peux pas…

— Oh que si, je peux, dit Richard. C'est toi qui ne peux rien faire. Tu peux parler tant que tu le souhaites, mais si tu lui confies quoi que ce soit qui t'a été révélé en confidence…

Gareth raccrocha violemment le téléphone.

— Je vais devoir remettre à plus tard l'achat de cette île privée, non ? dit doucement Margaret.

Bien qu'ils soient désormais contraints de trouver de nouveaux clients, et rapidement, l'expression de Margaret montrait à quel point elle était fière de lui.

— Désolé, dit Gareth. Mais je dois aller…

Margaret posa la main sur son bras.

— Je sais où tu comptes aller. Promets-moi juste que tu ne feras rien pour te faire expulser de ton bel appartement. Mes enfants prennent déjà toute la place chez moi, je ne vois pas où je pourrais te loger !

Gareth se rendit d'abord chez Anne mais elle était absente. Il partit en direction du *Rose Chalet* et la trouva assise à une table dans la grande salle, en train de parler à une femme que Gareth ne connaissait pas. Un dictaphone était posé entre elles.

L'espace d'un instant, Gareth crut que Richard avait réussi à envoyer quelqu'un sur le lieu de travail d'Anne pour la contraindre à faire une déposition, et il s'avança vers les deux femmes. Mais il prit alors conscience qu'elles étaient en train de parler de robes. Dieu soit loué.

— Je ne prête pas une attention excessive aux tendances, disait Anne. J'essaie plutôt de me concentrer sur ce qui convient le mieux à chaque cliente pour son mariage. Trop souvent, les mariées portent de belles robes à la mode, mais qui ne leur correspondent pas vraiment.

— Et vous n'utilisez que des tissus spéciaux ? demanda la journaliste. Aujourd'hui, certains couturiers font très attention à la provenance de leurs matériaux.

— Je me sers de toutes les matières qui me plaisent, quel que soit l'endroit où je peux les trouver, répondit Anne avec un sourire. Pour la robe de Felicity par exemple, j'ai déniché le tissu parfait dans une boîte chez moi.

Gareth sentit sa poitrine se serrer en la regardant. Il fallait qu'il lui parle du test ADN. Il devait l'avertir, l'informer de ce que Richard et Jasmine risquaient de lui révéler lorsque l'affaire passerait devant le tribunal.

Et qu'arriverait-il ensuite ?

Gareth savait que les menaces de Richard n'étaient pas des paroles en l'air : il n'aurait aucun scrupule à poursuivre en justice Cavendish Enquêtes. Il gagnerait sans doute, et Margaret et Gareth devraient tous deux repartir de zéro.

Pourtant, ce n'était pas la peur d'un procès qui empêchait Gareth d'aller trouver Anne pour tout lui dire. S'il n'y avait que cela, il n'hésiterait pas une seconde.

Mais il n'avait pas le droit de dévoiler des informations confidentielles. Et même s'il tenait Richard Wells en piètre estime après leur conversation, Gareth avait donné sa parole. Il avait signé un contrat, il était légalement engagé.

Pouvait-il vraiment revenir là-dessus ? Même pour Anne ?

Quelques minutes plus tard, alors que l'interview touchait à sa fin, Anne leva les yeux et l'aperçut.

— Gareth ! Qu'est-ce que tu fais là ? (Elle se leva vivement pour aller lui dire bonjour en le serrant dans ses bras.) Tu veux aller déjeuner ? C'est un peu tôt, mais je pense que nous avons presque fini, n'est-ce pas, Tessa ?

La journaliste regarda Gareth de la tête aux pieds.

— En effet, vous pouvez y aller. Je crois que j'ai tout ce qu'il me faut, mais je vous contacterai par mail si j'ai d'autres questions.

— Alors, dit Anne en glissant sa main dans celle de Gareth, où allons-nous déjeuner ?

Il savait qu'il devrait lui dire « nulle part ». Ou la prévenir pour le test ADN. Maudites règles !

Mais Gareth ne pouvait penser à rien d'autre qu'aux lèvres d'Anne, si proches. Il avait pris tellement de plaisir à les embrasser qu'il mourait d'envie de recommencer.

CHAPITRE 13

— Comment as-tu découvert cet endroit ?

Le minuscule restaurant semblait sorti tout droit des années 1950. Il donnait l'impression d'être géré par une vingtaine de membres de la même famille, qui s'agitaient dans tous les sens.

— Je suis passée devant un jour, répondit Anne. Les gens à l'intérieur avaient tous l'air si joyeux que je me suis dit que ce devait être un bon établissement.

Anne était bien la seule personne qu'il connaissait capable d'essayer un restaurant uniquement pour ce motif.

Gareth avait commandé un hamburger, et devait reconnaître qu'il était vraiment bon. Mais s'il appréciait autant le moment, c'était principalement grâce à Anne.

Il était comme envoûté par sa présence, par chacun de ses gestes élégants et de ses sourires magnifiques.

Et elle souriait si souvent...

Il savait qu'il n'était pas raisonnable de prendre un jour de congé ainsi, surtout qu'il fallait qu'il trouve d'autres clients à présent qu'il s'était désisté du dossier de Jasmine et Richard. Mais, quand il était avec Anne, il ne voyait pas d'inconvénient à faire l'école buissonnière. Qu'est-ce qui expliquait cela ? Et pourquoi souriait-il ainsi sans raison, simplement en la regardant parler avec la serveuse ?

Gareth pensa alors au test ADN dont il devait lui parler, et son sourire s'effaça.

Il avait suffi de quelques minutes passées avec Anne pour lui faire prendre conscience que l'accord de confidentialité n'avait pas d'importance. Seule Anne comptait.

À présent, la difficulté allait être de trouver la bonne manière – et le bon moment – pour lui en parler.

Après le déjeuner, ils allèrent faire un tour dans le parc où ils avaient passé un si bon moment, et Anne regarda en riant les chaussures qu'ils avaient plantées. Ils continuèrent à bavarder gaiement, et Gareth lui raconta que la première fois qu'il avait poursuivi un criminel au début de sa carrière dans la police, ils étaient tous les deux si essoufflés à la fin de leur course que Gareth avait eu du mal à lui lire ses droits.

— Tu devais vraiment vouloir l'attraper pour lui courir après ainsi. Qu'est-ce qu'il avait fait ?

— Vol à l'étalage, dit-il avec un petit sourire ironique. Mais cela reste une infraction, et je n'avais pas l'intention de le laisser s'échapper.

Anne se mit à rire avec lui. Il était si facile de parler avec Gareth. Ils reprirent doucement la direction de sa voiture, mais s'arrêtèrent en chemin sur un banc dans un parc, à côté d'un petit étang. Ils achetèrent du pain dans une boulangerie non loin et jetèrent des miettes à la petite famille de canards qui s'agitaient sur l'eau.

Elle aimait l'attention avec laquelle Gareth l'écoutait toujours. Elle se mit à lui parler des différentes sortes de dentelle et de la jolie boutique où elle avait l'habitude d'en acheter, à proximité du parc où ils se trouvaient, mais s'interrompit en songeant que cela ne devait pas intéresser le moins du monde un détective privé. Cependant, au lieu d'essayer de changer de sujet, comme la plupart des hommes l'auraient fait, il lui proposa d'aller faire un tour dans le magasin.

— J'aimerais rester ici encore un petit moment, dit Anne en glissant sa main dans la sienne.

Un peu plus tard, ils allèrent contempler le coucher du soleil sur le Pier 39. Gareth avait entendu dire que c'était courant, mais qui le faisait vraiment ?

Anne.

Le visage levé vers le ciel pour s'imprégner des derniers rayons du soleil déclinant, elle était plus belle que jamais. Il n'aurait pas envisagé de venir ici seul, mais avec Anne, cela avait un sens.

Elle avait l'art de trouver la beauté dans les petites choses, et, grâce à elle, il y parvenait aussi, pour la toute première fois.

C'était presque suffisant pour éloigner ses pensées du test ADN.

Alors qu'elle marchait sur la plage au clair de lune avec

Gareth, sa main dans la sienne, Anne avait l'impression de vivre un conte de fées.

Ce n'était pas uniquement parce qu'il était fort et qu'elle se sentait en sécurité avec lui. Elle était en train de vivre un moment spécial avec Gareth parce qu'elle avait l'impression qu'il ressentait la même chose. Il prenait plaisir à marcher à ses côtés dans le silence, qui n'était interrompu que de temps à autre lorsqu'elle remarquait un coquillage particulièrement beau, ou lui racontait une anecdote, comme ses sorties à la mer avec Rose quand elles étaient petites.

Et pourtant, Anne sentait que Gareth était préoccupé. Par quelque chose d'important.

Elle espérait qu'il se sentirait suffisamment en confiance pour lui en parler rapidement.

Gareth tournoyait en tenant Anne dans ses bras. Il n'en revenait toujours pas de s'être laissé convaincre de danser pieds nus sur la plage, sans musique. Ce n'était pas le genre de choses qu'il faisait.

Mais avec Anne, cela lui paraissait parfaitement normal.

— Voilà, dit Anne, un peu essoufflée. Il suffit d'écouter la musique des vagues.

Quelques minutes plus tard, leurs jambes s'entremêlèrent et ils se laissèrent doucement tomber dans le sable. Ils étaient si proches à présent qu'il leur fut facile de s'embrasser. À la fois facile et incroyable.

Ils restèrent serrés l'un contre l'autre pendant de

longues minutes, à regarder les vagues, les bras de Gareth enserrant Anne.

C'était un moment parfait. Trop parfait pour que Gareth le gâche en disant quelque chose qu'il ne fallait pas.

Il lui parlerait du test ADN en la ramenant chez elle. Il préférait ne pas lui dire en public, pour pouvoir mieux la consoler si elle prenait trop durement la nouvelle.

— Veux-tu passer manger un morceau chez moi ? demanda soudain Anne.

— Chez toi ?

Anne hocha la tête.

— Je n'ai rien prévu, mais...

Gareth l'interrompit par un baiser.

— J'en serais ravi.

Son réfrigérateur ne contenait pas vraiment de quoi préparer un dîner romantique, mais Anne fit de son mieux avec ce qu'elle trouva : du poulet, du riz et un bocal de sauce qu'elle ne se souvenait pas d'avoir acheté.

— C'est délicieux, lui assura Gareth en goûtant ce qu'elle avait cuisiné.

Il était toujours tellement gentil. Tout en dînant, ils parlèrent de leur enfance, racontant tour à tour des petites aventures qui leur étaient arrivées.

Anne ne pouvait cependant se défaire du sentiment que Gareth essayait de lui dire quelque chose mais n'y parvenait pas. Elle s'efforça d'attendre patiemment qu'il se décide à parler.

Était-il possible qu'il veuille lui dire qu'il était amoureux d'elle ?

Il fallait qu'il lui en parle.

Gareth avait repoussé le moment toute la journée, mais Anne méritait de savoir pour le test ADN.

Il ferait n'importe quoi pour éviter de la faire souffrir. Il avait vu son désarroi quand il était venu chez elle pour la première fois, et la joie qu'elle avait ressentie après la séance de médiation, en pensant que tout était terminé. Mais il ne pouvait pas ne pas lui dire.

Richard Wells risquait de lui annoncer brutalement la nouvelle à tout moment.

Gareth reposa sa fourchette et réfléchit un instant, s'efforçant de trouver les mots justes.

— Anne, je veux te dire quelque chose depuis tout à l'heure, mais je ne sais pas comment m'y prendre.

— Je sais, Gareth, dit Anne en lui adressant un magnifique sourire.

Elle se pencha vers lui.

Anne embrassa Gareth avec passion. Glissant sa main dans la sienne, elle l'emmena dans le salon puis l'attira dans l'escalier.

En arrivant devant la porte de sa chambre, elle se retourna vers lui et fut parcourue par un frisson de désir en voyant l'ardeur avec laquelle il la regardait.

Elle se hissa sur la pointe des pieds pour l'embrasser de nouveau, avec douceur et tendresse.

Quand ils s'écartèrent, Anne vit que Gareth allait dire quelque chose, mais elle ne lui en laissa pas le temps.

— Je t'aime aussi.

CHAPITRE 14

Lorsqu'Anne se réveilla le lendemain matin, les rayons du soleil filtraient par la fenêtre de sa chambre, inondant la pièce de lumière. Le ciel était d'un bleu immaculé, les oiseaux gazouillaient, et les feuilles vert vif des arbres s'agitaient sous la brise légère.

Tout était parfait.

Elle entendait Gareth en bas dans la cuisine. Il avait fait tout ce qu'il pouvait pour ne pas la réveiller, mais Anne avait entrouvert les yeux dès l'instant où il avait bougé près d'elle. Elle en avait profité pour admirer son corps musclé pendant qu'il s'habillait.

Anne se rendit dans la salle de bains et prit une douche, savourant la sensation de l'eau chaude ruisselant sur sa peau, qui lui rappela les caresses de Gareth. Elle songea en riant que ce matin-là, tout lui faisait penser à Gareth.

La nuit qu'elle avait passée avec lui avait été aussi fantastique que dans ses rêves. Leur plaisir n'avait pas seulement été physique, mais aussi émotionnel. Il n'y avait eu aucune barrière entre eux, juste des moments si agréables qu'elle ne savait plus où elle s'arrêtait et où il commençait.

Elle se sécha, enfila un tee-shirt bleu ciel dont elle avait orné les bords de fil argenté, et un jean qu'elle avait customisé elle-même. Ce matin-là, elle regardait autour d'elle avec un œil nouveau, aussi bien les vieilles photographies accrochées au mur que la magnifique robe de mariée de sa mère exposée sur l'un des mannequins dans le salon.

Sans parler de Gareth. Debout devant la cuisinière, lui tournant le dos, il était en train de faire des œufs brouillés. Il se retourna quand Anne entra dans la pièce, et elle s'apprêtait à déposer un baiser sur ses lèvres quand ils furent interrompus par quelqu'un qui frappait à la porte.

Anne fut surprise de voir Gareth sortir vivement de la cuisine.

— Commence le petit déjeuner, je vais ouvrir.

Touché qu'il se soit donné la peine de le préparer, Anne s'exécuta. Elle se servit des œufs et une tranche de pain grillé et s'assit à la table près de la fenêtre. C'était délicieux, et elle songea qu'elle n'aurait pas fait mieux. Elle en était à sa deuxième ou troisième bouchée quand elle entendit Gareth élever la voix.

— Je me fiche de qui vous êtes. Vous n'entrerez pas.

— Vous croyez pouvoir l'aider à échapper à cela ? demanda une voix d'homme sur un ton dur. On m'a chargé de remettre ces papiers à Anne Farleigh, et vous ne m'empêcherez pas de faire mon travail.

— Vous voulez parier ?

Anne se leva brusquement, renversant ses œufs brouillés, et se précipita dans l'entrée.

L'homme qui se tenait à la porte était grand et robuste. Il était vêtu d'un costume sombre et tenait une enveloppe à la main.

— Que se passe-t-il ?

L'homme essaya de contourner Gareth, mais celui-ci l'en empêcha.

— Anne Farleigh ?

— Oui, répondit Anne, c'est moi. Qui êtes-vous ?

— Je m'appelle Terrence Blithe et je travaille pour Richard Wells, l'avocat de Jasmine Turner. Il m'a demandé de vous informer que Ms. Turner a l'intention de se soumettre à un test ADN afin de prouver qu'elle est bien la fille d'Edward Farleigh.

Il lui lança l'enveloppe et elle la rattrapa, par réflexe.

— Voici les détails. Il m'a également demandé de vous faire savoir que si vous n'acceptiez pas de vous soumettre au test ADN, il demandera au juge de tenir compte de votre refus de coopérer au moment de décider de la part qui sera attribuée à la plaignante. Et il se verra alors contraint de demander l'exhumation du corps d'Edward Farleigh pour obtenir les preuves ADN nécessaires.

— Attendez une minute, dit Anne en baissant les yeux vers l'enveloppe, puis en regardant l'homme. Je ne comprends pas.

— C'est votre problème, madame. Bonne journée.

Sur ces mots, il sortit, laissant Anne les bras ballants,

essayant de donner un sens à ce qui venait de se passer.

Bonne journée ? Elle avait eu une bonne journée jusque-là. La meilleure journée qui soit, et voilà que…

Les yeux d'Anne s'embuèrent en sentant Gareth l'enlacer et l'entraîner vers la salle à manger.

— Je suis désolé, dit-il d'une voix douce, j'aurais dû te prévenir, mais…

— Tu aurais dû me prévenir ? (Anne eut soudain l'impression que le sol se dérobait sous ses pieds.) Tu étais au courant ?

Comme elle le faisait si souvent, Anne s'efforça d'ignorer les pensées négatives qui l'assaillaient. Mais cette fois, ce fut peine perdue.

Elle repoussa Gareth et le dévisagea avec un air stupéfait. Elle n'avait plus l'impression de le connaître.

Surtout lorsqu'il lui répondit :

— Oui, j'étais au courant.

— Tu savais et tu ne m'as rien dit ? (Chaque mot lui écorchait les lèvres.) Comment as-tu pu les laisser me surprendre ainsi ?

— Je ne t'ai d'abord rien dit parce que je ne pouvais pas. J'étais légalement tenu de me taire.

— Et les règles sont les règles, dit Anne, qui se détourna en sentant les larmes lui monter aux yeux.

Elle était tellement déterminée à être heureuse qu'elle avait retenu ses larmes pendant des années. Mais elle n'en était plus capable.

— J'ai essayé de te le dire, insista-t-il.

— Quand ? Quand as-tu essayé ?

— Je voulais trouver une manière de t'en parler sans te faire souffrir, mais c'était tellement difficile que n'ai pas pu me résoudre à le faire hier soir. J'espérais que ce serait plus facile ce matin, et que j'arriverais à tout expliquer sans te blesser.

Anne se tourna brusquement vers lui en serrant les poings.

— Et tu crois que je ne suis pas blessée maintenant ?

Oh, Dieu, comme elle avait mal.

Tellement mal. C'était presque comme si ses parents mouraient une deuxième fois. Pendant des années, Anne avait lutté pour étouffer cette douleur au fond d'elle. C'était une douleur si violente que chaque fois qu'elle y pensait, elle avait du mal à respirer. Elle ne parvenait à la supporter qu'en se rappelant l'amour entre ses parents, et elle s'y raccrochait aussi fort qu'elle le pouvait.

Mais c'était un mensonge.

Un grand mensonge.

Jasmine et son avocat ne demanderaient pas un test ADN s'il y avait ne serait-ce qu'une possibilité infime qu'Edward Farleigh ne soit pas le père de Jasmine. Cela signifiait que pendant toutes ces années, lorsque son père affirmait aimer sa mère plus que tout, pendant toutes les années qu'avait duré leur mariage en apparence si parfait, il avait entretenu une liaison avec une autre femme.

Et il avait été le père d'une autre petite fille.

— Anne, commença Gareth en s'avançant pour toucher son épaule.

— Laisse-moi tranquille !

Anne avait eu envie de croire que Gareth et elle avaient trouvé le même amour magique que celui de ses parents. Mais à présent, elle savait que c'était tout aussi faux que pour eux. Pendant tout le temps qu'elle avait passé dans ses bras, à l'embrasser et à partager son lit, il avait su ce qui allait se passer.

Dans sa précipitation à s'éloigner de lui, elle heurta le mannequin sur lequel se trouvait la robe de mariée de sa mère.

Une robe de mariée était le symbole de la promesse d'amour entre deux personnes. De la promesse de fidélité. Anne avait fait de la confection de ce symbole d'amour parfait son gagne-pain, mais désormais elle savait que l'amour n'était qu'un immense mensonge.

— Je déteste cette stupide robe !

Elle arracha la robe du mannequin, résolue à la réduire en pièces puis à brûler les lambeaux, ces bouts de tissu insignifiants. Elle commença à déchirer les coutures et à ouvrir les lignes de points comme des blessures.

Malgré tout, les dégâts qu'elle venait de faire sur la robe, si belle quelques instants plus tôt encore, n'étaient rien comparés aux dégâts dans son cœur.

— Anne ! Qu'est-ce qui te prend ?

Il lui prit les bras et l'écarta de la robe, en la serrant contre lui. Anne se débattit pour se libérer de son étreinte. Elle ne se laisserait pas aller dans les bras de Gareth comme elle l'avait déjà fait. Et elle ne le laisserait certainement pas lui assurer que tout allait s'arranger.

Rien n'allait bien… et n'irait plus jamais bien.

— Lâche-moi !

— Je sais que tu es sous le choc, dit Gareth alors qu'elle le repoussait, mais ne continue pas à détruire la robe de ta mère. Je sais ce qu'elle représente pour toi.

— Tu ne sais rien sur moi, répliqua Anne, en laissant libre cours à sa colère pour la première fois. J'ai été assez stupide pour croire que je t'aimais, mais ce ne sont que des mots, pas vrai ? Quelque chose que les gens disent pour essayer de se sentir mieux et donner un sens à leur vie inutile.

— L'amour n'est pas cela, dit Gareth.

— Non, tu as raison, dit Anne. L'amour n'est même pas cela, parce qu'il ne permet pas de se sentir mieux. Il ne fait que nous déchirer de l'intérieur.

Gareth s'avança pour prendre Anne par la taille et la tint fermement, malgré ses efforts pour le repousser.

— Tu dois continuer à croire en l'amour.

— Et pourquoi ? Ce n'est qu'un mensonge de plus.

— Parce que l'amour existe.

— Et comment le sais-tu ?

— Parce que je t'aime, répondit-il sans hésiter.

Au fond d'elle, Anne avait désespérément envie de le croire. Parce que si elle croyait en son amour, alors peut-être…

Non, elle n'accorderait plus de crédit à ces sornettes. Ce n'était pas possible.

Elle s'arracha à son étreinte.

— Va-t-en, Gareth. Laisse-moi seule.

— Anne…

— Va-t-en !

Quelques secondes plus tard, lorsque la porte se referma derrière Gareth avec un petit bruit sec, Anne se laissa tomber sur la robe de mariée en lambeaux. Elle pleura à gros sanglots, laissant ruisseler toutes ces larmes qu'elle retenait depuis si longtemps, depuis qu'elle n'était qu'une petite fille tenant la main de sa mère près de la fenêtre, regardant partir le taxi qui emmenait son père, une fois de plus.

CHAPITRE 15

Gareth patientait dans sa voiture garée devant le bâtiment où travaillait Richard Wells, attendant de le voir sortir. Il avait pris rendez-vous avec l'avocat sous un faux nom pour l'éloigner de son bureau, car c'était indispensable pour que son plan fonctionne. Gareth allait cependant enfreindre un si grand nombre de lois qu'il n'en revenait toujours pas de ce qu'il était sur le point de faire.

Effraction, cambriolage, peut-être même espionnage industriel. S'il se faisait prendre, sa licence de détective privé lui serait retirée et il risquait même de se retrouver en prison.

Mais il était prêt à tout pour aider Anne.

Toutes les années qu'il avait passées à respecter les règles à la lettre furent oubliées en un instant. Il ne pouvait chasser de son esprit l'expression de profonde déception sur le visage d'Anne lorsqu'elle avait appris qu'il était au courant pour le test ADN. Si transgresser la loi lui permettait de regagner sa confiance, alors le jeu en vaudrait la chandelle.

Était-ce ce qu'avait ressenti Brian quand il avait

découvert que le fils de sa petite amie était mêlé à une bande de voyous?

Gareth avait toujours eu une vision manichéenne du monde, et il avait longtemps été persuadé que Brian avait mal agi. Pourtant, à présent que le bonheur d'Anne était en jeu, il comprenait soudain avec une lucidité nouvelle la raison pour laquelle on pouvait accepter d'enfreindre la loi pour quelqu'un que l'on aimait.

Comme l'avait dit la fiancée de Brian, l'amour changeait tout.

Absolument tout.

Gareth sortit de sa voiture et entra à grands pas dans le bâtiment. Il salua la réceptionniste avec un air assuré, puis prit la direction des bureaux, sans que personne ne tente de l'arrêter. Après tout, il était venu suffisamment souvent pour qu'on le reconnaisse, et il savait visiblement où il allait.

Il se dirigea droit vers le bureau de Richard Wells. Une jeune femme vint à sa rencontre.

— Est-ce que je peux vous aider ?

Elle devait trouver Gareth à son goût dans son costume sombre, car elle lui avait posé la question sur un ton charmeur.

Heureusement, Gareth avait la mémoire des prénoms.

— Nikki, quel plaisir de vous revoir ! J'ai rendez-vous avec Richard.

— Oh, non, dit-elle avec une petite moue, il doit y avoir une erreur. Richard vient de partir pour une réunion en ville.

— Je n'ai pas beaucoup de temps, grommela-t-il, voulant montrer qu'il était contrarié mais ne la tenait pas pour responsable.

— Souhaitez-vous un café pendant que vous patientez dans son bureau ? demanda-t-elle tout en commençant à remplir une tasse.

Il la remercia.

— Je peux l'attendre quelques minutes.

La chance était de son côté, car les lumières du téléphone de Nikki se mirent soudain à clignoter.

— N'hésitez-pas à me dire si vous avez besoin d'autre chose, dit-elle, avant de retourner avec empressement au standard pour répondre aux appels.

Pénétrer dans le bureau de Richard n'aurait pu être plus simple. Pendant les minutes qui suivirent, Gareth resta seul dans la grande pièce avec vue sur les gratte-ciel de San Francisco, et sirota sa tasse de café en admirant les souvenirs rapportés par l'avocat de ses voyages autour du monde. Et surtout, il jeta un coup d'œil au dossier concernant l'affaire entre Jasmine et Anne.

Par chance, celui-ci se trouvait en haut de la pile sur le bureau de Richard.

Vérifiant qu'il entendait encore la voix de Nikki au téléphone, Gareth enfila des gants pour ne pas laisser d'empreintes. Puis, s'approchant de la caméra de sécurité placée au-dessus de la porte, il colla un morceau de scotch noir dessus. S'il trouvait quoi que ce soit dans le dossier de Richard, il prendrait en photo les documents avec son téléphone, ne pouvant prendre le risque de les dérober.

Dix minutes plus tard, il retira le morceau de scotch de la caméra puis informa Nikki qu'il devait reprendre rendez-vous avec Richard. Il n'avait pris aucun cliché car le dossier ne contenait rien d'autre que de simples faits.

La seule information qu'il ignorait était qu'Anne avait fourni un échantillon d'ADN, et que les résultats ne tarderaient pas à arriver.

Quand avait-elle accepté de se soumettre au test ?

Il ne savait pas vraiment ce qu'il s'attendait à trouver dans le dossier de Richard, car rien ne viendrait changer le fait qu'Edward Farleigh était le père de Jasmine. Alors, qu'essayait-il de faire en réalité ? Gagner l'affaire pour Anne ? La protéger contre Jasmine Turner ? L'emporter contre Richard Wells ?

Dans le fond, tout ce qu'il désirait était qu'Anne soit heureuse. Et pour cela il était prêt à tout.

Mais comment allait-il s'y prendre ?

Heureusement, une idée lui vint avant même qu'il ne soit sorti du bâtiment. Il espérait qu'elle fonctionnerait.

Prenant conscience de tout ce qu'il devait faire avant que les résultats du test ADN ne soient envoyés, il appuya sur l'accélérateur et appela son bureau avec son portable.

— Gareth ? dit Margaret à l'autre bout du fil. Où étais-tu ce matin ? Nous avons eu plusieurs demandes de nouveaux clients, et j'aimerais planifier les rendez-vous avec toi dès que possible.

— C'est une excellente nouvelle, dit-il, mais je dois d'abord m'occuper de quelque chose. J'aurais besoin de l'adresse de la mère de Jasmine Turner. Elle habite dans l'Oregon.

Cinq heures plus tard, il traversait en voiture la jolie ville d'Ashland, Oregon. La nuit était tombée, et les petites lumières placées devant les jardins éclairèrent sa route jusqu'à ce qu'il s'engage dans l'allée menant à la maison de Deirdre Turner. À peine avait-il frappé à la porte qu'elle vint lui ouvrir.

Elle devait approcher de la cinquantaine, mais ressemblait beaucoup à sa fille. Gareth fut frappé par sa similitude avec la mère d'Anne, qu'il avait vue sur les photos de la famille Farleigh : elle avait les mêmes cheveux blonds, les mêmes yeux bleus et la même élégance.

— Deirdre Turner ? Je m'appelle Gareth Cavendish…

— Oui, vous êtes le détective qui a aidé Jasmine à retrouver la fille d'Edward.

— C'est un peu plus compliqué que cela en réalité, et c'est la raison pour laquelle j'aimerais vous parler.

— Je suis désolée, Mr. Cavendish, mais j'ai déjà dit à Jasmine que je ne l'aiderais pas.

Elle referma la porte, mais Gareth coinça son pied dans l'ouverture pour l'en empêcher. Il avait déjà transgressé la loi à plusieurs reprises ce jour-là, et songea qu'il n'en était plus à une infraction près.

Mais les autres fois, il n'avait pas eu l'impression de s'être cassé plusieurs orteils.

— Ms. Turner, s'il vous plaît. Je ne suis pas ici à la demande de Jasmine. Je suis venu parce que je suis amoureux d'Anne Farleigh, et que j'aimerais tout faire pour éviter qu'elle souffre.

— Vous êtes amoureux d'elle ? (Deirdre ouvrit légèrement la porte, et Gareth eut du mal à retenir une grimace de douleur.) Alors que vous travaillez pour Jasmine et son avocat ?

— Je ne travaille plus pour eux, dit-il. J'aime trop Anne pour cela. Mais je ne peux pas non plus la laisser se débrouiller seule, alors que la situation est sur le point de devenir incontrôlable.

La mère de Jasmine le dévisagea pendant un long moment avant de reculer d'un pas.

— Alors, entrez. Je vais voir si je peux trouver de la glace pour votre pied.

Elle le conduisit dans son salon, rempli de photos de Jasmine à tous les âges. Cela rappela à Gareth les photos de famille qui se trouvaient chez Anne.

Deirdre lui tendit une poche de glace pour son pied et posa une tasse de café sur la table à côté de lui avant de s'asseoir, un café dans les mains.

— J'aime ma fille plus que tout, lui dit-elle, même si je n'approuve pas ce qu'elle fait.

— Pourquoi ?

— Edward n'aurait pas voulu cela. Jasmine est tellement en colère concernant toute cette histoire qu'elle refuse d'écouter ce qui s'est passé entre son père et moi.

— Et pouvez-vous me le raconter ? demanda Gareth.

Il crut un instant que Deirdre allait refuser, mais elle finit par acquiescer.

— Je l'ai rencontré lors de son passage à Ashland pour la tournée promotionnelle d'un de ses livres. J'avais lu tous ses romans, et je crois que j'étais un peu tombée amoureuse de l'idée que je me faisais de lui, si vous voyez ce que je veux dire. Quoi qu'il en soit, une fois la séance de dédicace terminée, et alors que tout le monde était parti, je lui ai proposé de m'accompagner à une soirée avec des amis à moi. Il paraissait si seul… Nous avons parlé pendant des heures. Je devais lui rappeler sa femme, et une chose en a entraîné une autre. J'étais jeune et stupide, et je n'ai pas songé à y mettre un terme, même s'il était évident qu'il n'avait jamais eu d'aventure dans sa vie, et que ce n'était pas ce qu'il recherchait. S'il n'y avait pas eu Jasmine, je ne crois pas que je l'aurais revu un jour.

— Il est donc absolument certain qu'Edward Farleigh est le père de Jasmine ? demanda Gareth.

Deirdre hocha la tête.

— Je lui ai dit que j'étais enceinte, et il n'a pas voulu me laisser élever l'enfant seule. Il m'envoyait de l'argent pour m'aider, et venait de temps en temps rendre visite à Jasmine. Nous n'avons couché ensemble qu'une seule fois, se sentit-elle obligée d'expliquer, et je sentais bien qu'il s'en voulait terriblement de ce qu'il avait fait à son épouse.

— Venait-il vous voir régulièrement ?

Deirdre soupira.

— C'est sans doute à ce moment-là que tous les problèmes ont commencé. Je ne voulais pas qu'Edward vienne nous voir trop souvent parce que je savais à quel point Jasmine serait perturbée d'avoir un père qui s'absentait sans cesse. Je me suis dit qu'il était préférable qu'elle le prenne simplement pour un « ami de la famille », parce que je savais qu'Edward ne quitterait jamais sa femme et sa fille pour nous. Il aimait trop Chloe et Anne, et elles lui manquaient chaque fois qu'il en était séparé. Mais il aimait aussi Jasmine, j'en suis certaine. Il aurait souhaité passer bien plus de temps avec elle, mais sachant qu'il ne serait jamais complètement à nous, et que cela ne ferait que briser le cœur de Jasmine, j'ai coupé les ponts avec lui quand elle était encore petite. (Son regard était triste.) Je pensais honnêtement que c'était préférable ainsi. Mais en grandissant, Jasmine a commencé à poser des questions sur lui, et elle a fini par tomber sur une photo de lui…

— Je comprends, dit Gareth. Vous avez été confrontée à un choix horriblement difficile. Et vous avez fait celui qui vous semblait le meilleur.

— J'aimerais que ma fille comprenne la situation comme vous le faites. Mais elle a grandi en se demandant qui était son père et ce qu'elle avait fait pour le faire fuir, même si je lui répétais qu'elle n'y était pour rien. Cette procédure judiciaire qu'elle a entamée… Je ne crois même pas que c'est une question d'argent. Elle veut simplement quelque chose qui appartenait à Edward, parce qu'elle n'a jamais pu l'avoir, lui.

— Contrairement à Anne, dit doucement Gareth. Ms. Turner, je sais que vous ne me connaissez pas et que vous ne me devez rien du tout, mais j'aimerais vous demander un service.

CHAPITRE 16

— Je n'avais jamais remarqué que le plafond était aussi beau, déclara Anne.

Allongée à côté d'elle sur la piste de danse du *Rose Chalet*, Rose tourna la tête vers son amie.

— Tu as trop bu.

— Toi aussi.

C'était vrai. Elles étaient complètement soûles ce soir-là.

— C'est bien à cela que servent les meilleures amies, non ? demanda Rose.

— Tu es vraiment ma meilleure amie, dit Anne, qui avait du mal à articuler. Mais ce n'est pas seulement pour m'accompagner que tu as bu, n'est-ce pas ?

— Si. Bien sûr que si !

— Non, insista Anne. RJ est parti dîner avec une autre femme, et maintenant tu es toute…

Rose émit un son à mi-chemin entre un grognement et un hoquet, et Anne referma vivement la bouche. Du moins aussi vivement qu'elle le put, compte tenu de l'insensibilité de ses lèvres.

Un bref silence se fit, interrompu par les bruits que

faisaient les deux femmes en buvant au goulot de leur bouteille.

Le champagne pétillant et sucré délia la langue d'Anne :

— Je t'ai dit que j'avais déchiré en morceaux la robe de mariée de ma mère ?

— Non ! Quelle idée horrible, Anne. Pourquoi as-tu fait ça ?

Malheureusement, boire ne l'avait pas aidée à oublier quoi que ce soit. Anne se souvenait encore parfaitement de la souffrance et du désespoir qu'elle avait ressentis quand elle avait crié à Gareth de partir.

Et que son départ n'avait en rien atténués, bien au contraire.

— Parce que c'était un mensonge ! déclara Anne.

— Je ne comprends rien. Cela n'a aucun sens.

Rose se tourna pour faire face à Anne, et celle-ci l'imita. Elle avait l'impression que les traits de son amie étaient légèrement flous.

— C'est une robe. Pas un mensonge. Cela ne peut pas être les deux à la fois. (Rose leva une main devant son visage comme si elle comptait ses doigts pour s'assurer qu'ils étaient tous là.) Non, ce n'est pas possible.

— Je ne parle pas de la robe, dit Anne.

— Tu viens de dire que c'était justement la robe.

Rose paraissait de plus en plus perplexe. Mais à la vérité, compte tenu de la quantité d'alcool qu'elles avaient toutes deux ingéré, même le motif peint sur le plafond leur paraissait troublant.

— Tout, insista Anne. Tout n'est qu'un mensonge.

— Oh, mon Dieu, dit Rose. J'ai l'impression d'être retournée dans le cours de philo de Mrs. Findler. Tu te souviens d'elle ?

— Je me souviens de toutes sortes de choses, lui assura Anne.

L'alcool ne l'aidait pas à oublier. À l'inverse, il semblait faire disparaître les murailles qu'elle avait érigées autour de ses souvenirs.

Toutes ces fois où son père était absent. Bien que profondément déprimée, sa mère était résolue à faire comme si tout était normal. Et Anne se rappelait particulièrement la façon dont elle devait elle aussi jouer le jeu. En souriant davantage. En faisant des câlins à sa mère.

— Mon père avait une maîtresse, dit-elle doucement, avant de le répéter d'une voix plus forte, remplie de colère. Mon père avait une maîtresse, et je pense que ma mère était au courant. Et maintenant, sa fille cachée réclame la moitié de tout ce qu'il possédait. Gareth ne m'a pas averti de ce qu'ils comptaient faire, alors que nous avons couché ensemble et qu'il le savait depuis le début. La prochaine séance de médiation a lieu demain matin avant le mariage, et nous aurons les résultats du test ADN. Mais ils sont morts, Rose. Ils sont morts.

Rose passa un bras autour d'elle. Elles étaient toujours affalées sur le sol, à côté des bouteilles.

— Je sais, mon chou, je sais. Mais tu dois rester positive.

— Pourquoi ? demanda Anne. J'en ai tellement marre d'être positive. Mes parents meurent et je dois être positive, comme si rien ne s'était passé. Gareth me ment et je dois être positive. Cela rend-il vraiment les choses moins douloureuses ?

Ce n'était certainement pas le cas sur le moment.

— J'ai l'impression… J'ai l'impression qu'il ne reste plus rien de beau de mon enfance, dit Anne. (Elle s'interrompit pour boire un peu de champagne.) C'est comme si j'avais tout imaginé, et que les seules choses qui étaient réelles sont celles qui me font mal aujourd'hui.

Rose la regarda avec un air farouche. Mais elle était toujours aussi floue.

— Il y a eu plein de bons moments. Comme le jour où ma mère nous a emmenées pêcher dans la Baie, tu te souviens ? Nous nous sommes toutes levées dans le bateau et nous sommes tombées dans la boue verte et gluante.

Anne devait reconnaître qu'elles s'étaient plutôt bien amusées.

— Et te rappelles-tu la fois où tu nous as confectionné des robes pour la soirée du lycée ? poursuivit Rose. J'y suis allée avec Billy Stevens, et tu étais avec…

— Neil l'intello, dit Anne en esquissant un sourire.

— Il avait de ces lunettes ! Les verres devaient faire au moins deux centimètres d'épaisseur. Je crois que c'était le seul garçon de l'école qui pensait qu'aller chez une fille pour « l'aider à faire ses devoirs de maths » signifiait vraiment cela.

— Mais nous avons eu de bonnes notes en maths, fit remarquer Anne.

— Et une année, tu as voulu entrer dans l'équipe des pom-pom girls parce tu aimais leur état d'esprit gai et positif. Cela a duré quoi, une semaine ?

— Je n'y peux rien si les filles n'ont pas voulu me laisser redessiner leur uniforme. J'avais proposé cela uniquement par gentillesse.

Rose poursuivit sur sa lancée, évoquant d'autres souvenirs drôles et joyeux. Petit à petit, Anne fut forcée d'admettre qu'elle avait eu une enfance plutôt belle.

— La robe de mariée de ta mère est vraiment fichue ? demanda Rose, qui dut reboire un peu de champagne à cette idée.

— Je l'ai déchirée en petits morceaux, confirma Anne.

Rose écarquilla soudain les yeux.

— Mais rassure-moi, tu n'as quand même pas découpé aussi la robe de Felicity ?

— Bien sûr que non. Cela aurait été un vrai gâchis. Sa robe est tellement belle…

— Celle de ta mère l'était aussi, fit remarquer Rose.

Anne resta silencieuse pendant quelques secondes, les yeux mi-clos, au bord des larmes.

— Oui, dit-elle, elle était belle. Mais ce n'était plus le cas ensuite.

— Je crois que je suis trop ivre pour comprendre, dit Rose.

— Je ne sais pas si je me sens encore capable de créer des robes de mariée, dit Anne. Elles sont censées symboliser l'amour et le bonheur éternels.

— Eh bien j'espère que tu changeras d'avis une fois que nous aurons dessoûlé, dit lentement Rose. Surtout qu'il y a une robe que je tiens absolument à ce que tu fasses.

— Je te le répète, dit Anne. La robe de Félicité est terminée.

— Je ne parle pas de la sienne, dit Rose, mais de la mienne.

Bon sang ! La consommation d'alcool entraînait donc vraiment des troubles de la mémoire.

Comment avait-elle pu oublier le mariage de sa meilleure amie ? Alors qu'il était prévu dans si peu de temps ?

— Il y a tellement de gens qui viennent se marier ici, dit Anne, un peu sur la défensive, et toi tu te maries, et Julie a Andrew, et Phoebe a Patrick… Même Tyce a Whitney. Et moi ?

Rose la serra contre elle.

— Ton tour viendra.

Anne secoua la tête.

— Avant, je pensais que l'homme de ma vie arriverait un jour, que je me marierais et que j'aurais une vie parfaite.

— Je ne crois pas qu'il soit possible d'avoir une vie parfaite, dit Rose, devenue philosophe. C'est simplement une vie.

— Cela ne devrait pas se passer ainsi.

— Pourtant c'est le cas.

— Mais ce n'est pas juste. (Anne s'obligea à s'arrêter avant qu'elles ne commencent un petit jeu qui pourrait durer pendant des heures.) Est-ce qu'en t'embrassant, un homme t'a déjà donné l'impression que tout était parfait ? Comme si tous tes rêves venaient de se réaliser ?

Rose resta quelques instants silencieuse, avant de murmurer de façon presque inaudible :

— Oui.

— Ah oui, bien sûr, dit Anne. Tu épouses Donovan. C'est ton prince charmant.

— Quelqu'un a demandé un prince charmant ?

RJ venait de faire irruption dans la pièce. Une fois n'était pas coutume, il était vêtu d'une chemise et d'un pantalon.

— Tu n'es pas censé être à un rendez-vous galant ? demanda Anne, sans se relever.

— Mes projets ont été annulés à la dernière minute, et j'en ai profité pour revenir ici et vérifier que tout était prêt pour demain.

— Nous avons déjà vérifié, dit Rose d'une voix légèrement pâteuse, en s'efforçant de se redresser.

RJ haussa les sourcils.

— Alors, qu'est-ce que vous faites ici toutes les deux à cette heure-ci ?

Anne avait une réponse toute prête.

— On se soûle. Tu pourrais te joindre à nous, mais je crois qu'on a déjà bu tout le champagne.

— Il en reste un peu dans ta bouteille, fit remarquer RJ, mais il vaudrait peut-être mieux que je vous ramène chez vous, vous ne croyez pas ?

Anne sourit en voyant RJ se baisser pour aider Rose à se lever, en la dressant presque sur ses pieds. Il était toujours tellement serviable. Beau et gentil aussi. Il revint quelques instants plus tard pour s'occuper d'Anne.

— Allez, viens, dit-il doucement, voyons si tes jambes fonctionnent encore.

Elles fonctionnaient, mais plus très bien. Anne apprécia le soutien de RJ, même si elle aurait préféré sentir les bras de Gareth autour d'elle.

CHAPITRE 17

Le lendemain matin, Gareth arriva chez Anne en trombe. Il écrasa la pédale de frein de sa Jaguar, laissant des marques sur les pavés, puis bondit de sa voiture. Il avait conduit pendant des heures sans dormir, mais son amour pour Anne lui donnait des ailes. Et s'il parvenait à lui remettre à temps l'enveloppe qui se trouvait dans la poche de sa veste, sa nuit blanche n'aurait pas été inutile.

Il frappa à la porte, mais n'obtint pas de réponse.

— Anne, tu es là ? C'est moi. (Il était cependant conscient qu'elle ne voulait probablement pas le voir.) Anne, s'il te plaît, ouvre la porte.

Était-elle assise chez elle, tellement accablée par le malheur qu'il avait contribué à faire entrer dans sa vie, qu'elle ne pouvait même pas venir jusqu'à la porte ? À cette pensée, Gareth sentit sa poitrine se serrer douloureusement. Il essaya de l'appeler sur son portable mais tomba directement sur le répondeur.

Il ne pouvait pas prendre le risque qu'elle soit là, toute seule. Après toutes les règles qu'il avait transgressées pour elle, quelle importance avait une infraction de plus ?

Il donna un violent coup d'épaule sur la porte

d'entrée, et le verrou céda à sa première tentative. Il y avait encore des lambeaux de robe de mariée sur le sol du salon, mais aucune trace d'Anne. Il jeta un rapide coup d'œil à l'étage, puis ressortit son téléphone et composa avec empressement le numéro du tribunal.

— J'aimerais connaître l'horaire de la séance de médiation Turner contre Farleigh, dit-il à l'homme à la voix lasse qui décrocha. Elle était censée avoir lieu à 15 heures cet après-midi.

— Je regrette de ne pouvoir divulguer cette information, monsieur.

Par chance, Gareth reconnut la voix rocailleuse de l'homme.

— Jerry ? C'est Gareth. Comment allez-vous ? Cela fait un bout de temps que je ne vous ai pas vu.

— Gareth, quel plaisir de vous avoir au téléphone ! J'ai passé quelque temps à New York chez mes petits-enfants. Je ne savais pas que c'était vous. Accordez-moi une minute, je vais vérifier le programme. (Il y eut un silence, et Gareth l'entendit chercher dans ses papiers.) Je vois qu'il y a eu des changements. La séance est sur le point de commencer.

Après avoir promis qu'il passerait regarder les photos des petits-enfants de Jerry, Gareth retourna en courant vers sa voiture. Priant pour arriver au tribunal à temps, il conduisit à toute allure, brûlant presque deux feux rouges et faisant des embardées entre les voies, sans se soucier le moins du monde du code de la route.

La seule chose qui comptait était Anne.

Cinq minutes plus tard – c'était un record, compte tenu du fait qu'Anne habitait à dix minutes du tribunal –, Gareth bondit de sa voiture et se précipita dans le bâtiment.

Une vague de soulagement l'envahit lorsqu'il aperçut le nouveau détective de Richard Wells, debout près de la porte de la salle de conférence où avait eu lieu la première séance de médiation.

Terrence se mit en travers de la route de Gareth en levant la main.

— Où allez-vous ?

— À la médiation.

Les années qu'il avait passées à poursuivre des malfaiteurs avaient affûté ses réflexes, et il n'eut aucune difficulté à esquiver Terrence et à pénétrer dans la salle.

Richard s'y trouvait avec Jasmine et la même médiatrice que la dernière fois, Ms. Williams. Mais Gareth leur accorda à peine un regard. Il n'avait d'yeux que pour Anne.

Elle était… eh bien, à vrai dire, elle paraissait avoir une sacrée gueule de bois. Et elle avait l'air si sérieux dans son tailleur sombre uni.

Malgré tout, elle restait la plus belle femme qu'il avait jamais vue.

Son ange.

Visiblement, elle était stupéfaite de le voir.

— Gareth ? Qu'est-ce que tu fais là ?

Richard ne lui laissa pas le temps de répondre :

— Tu n'as rien à faire dans cette pièce, Cavendish. Je

t'ai mis à la porte, tu t'en souviens ?

Ignorant l'avocat, Gareth se tourna vers Anne :

— Anne, j'ai quelque chose à te montrer. C'est urgent.

— Il ne peut pas faire irruption ici de cette façon, n'est-ce pas ? demanda Jasmine. Nous étions sur le point de prendre connaissance des résultats du test ADN.

Sans relever l'intervention de Jasmine, Gareth sortit l'enveloppe de sa poche.

— S'il te plaît, Anne.

Le regard de la jeune femme oscilla entre Gareth et l'enveloppe.

— La dernière fois que tu m'as apporté une enveloppe, ce n'était pas une très bonne nouvelle.

— Cette fois… (Gareth s'interrompit.) Je ne sais pas si c'est mieux, mais je crois que cela va aider.

— Aider ? (Le visage de Wells s'empourpra sous l'effet de la colère.) Ms. Williams, cela va trop loin. Il ne peut pas présenter une nouvelle pièce ainsi. Il ne devrait même pas être ici. Il n'a aucun droit de…

Anne se leva et se tourna vers la médiatrice.

— Pouvons-nous faire une pause, s'il vous plaît?

— Nous arrivions justement à la partie importante ! s'exclama Jasmine. Elle ne peut pas sortir comme ça, juste parce que les choses se passent mal pour elle. Richard, je vous demande de les arrêter !

Mais Ms. Williams en avait manifestement assez entendu.

— Silence tout le monde ! (Elle fusilla Gareth du

regard.) Vous faites irruption au beau milieu de ma séance de médiation, vous êtes impliqué dans je ne sais quelle relation compliquée avec les parties engagées, et vous semblez déterminé à introduire une nouvelle pièce dans la procédure. Puis-je vous demandez pourquoi vous faites cela, alors que vous savez que vous risquez d'être mis dehors par la sécurité ?

Il n'y avait qu'une seule réponse à cette question. Une réponse qu'il donnerait volontiers à tout le monde.

— Parce que j'aime Anne Farleigh.

— Oh, comme c'est charmant, ironisa Richard. Très mignon. Nous sommes au milieu d'une procédure judiciaire sérieuse, et tu débarques ici pour déclarer ton amour. Franchement, quelle sorte de …

— Mr. Wells, dit Ms. Williams, dont l'expression s'était radoucie. Je ne crois pas que faire une pause serait une mauvaise idée. Cela nous fera du bien à tous et nous permettra de nous calmer. Je vous retrouve ici dans quinze minutes.

— Merci, dit Gareth en prenant la main d'Anne et en l'entraînant hors de la pièce jusqu'à un coin calme.

— Je…, commença Anne en secouant la tête. Gareth, j'ai envie de croire ce que tu viens de dire devant tout le monde. J'ai tellement envie de te croire, mais les gens mentent. Ils trompent. Les choses évoluent mal.

— Elles évoluent bien aussi, lui assura Gareth. (Il prit délicatement son menton entre ses mains et le releva.) Peux-tu me dire en me regardant droit dans les yeux que tu ne ressens pas la même chose ?

Anne secoua la tête.

— C'est vrai, je t'aime. Si fort. Mais je ne suis plus sûre que l'amour soit suffisant. (Elle s'interrompit et regarda l'enveloppe dans la main de Gareth.) Qu'est-ce qui est si important pour que tu interrompes ainsi la séance de médiation ?

— C'est une lettre, dit Gareth. De la mère de Jasmine.

Anne leva les yeux avec une expression stupéfaite.

— De… d'elle ? Je ne comprends pas. Pourquoi m'apportes-tu cela ?

— Je voulais trouver quelque chose qui pourrait te faire gagner cette affaire. Quelque chose qui mettrait fin à toute cette histoire. Je suis même entré par effraction dans le bureau de Richard Wells pour chercher une preuve.

— Tu as fait cela pour moi ? demanda Anne. Mais c'est illégal.

— Je sais. Mais je n'y ai rien trouvé, parce qu'il n'y avait rien à trouver. Je veux te protéger, Anne. Je veux te rendre heureuse. Mais j'ai fini par comprendre que je ne pouvais pas transformer la réalité pour toi et affirmer que quelque chose est faux quand ce n'est pas le cas. (Il lui montra la lettre.) Jasmine est ta demi-sœur, et rien de ce que je ferai ne pourra changer cela. Mais j'espère que cette lettre rendra la situation un peu moins pénible. Hier soir, je suis allée rendre visite à Deirdre Turner, la mère de Jasmine. Nous avons eu une longue discussion à propos de Jasmine, de ton père, de ta mère et de toi. Et elle a écrit cette lettre pour toi.

Gareth lui tendit l'enveloppe.

Anne finit par s'en emparer, en la regardant fixement avec un air terrifié. Gareth repensa à l'impatience avec laquelle elle avait ouvert la première enveloppe qu'il lui avait apportée. À l'excitation qu'elle avait ressentie à la pensée qu'un étranger lui donne quelque chose.

Il aurait aimé pouvoir lui redonner cette joie, mais peut-être que c'était le prix à payer pour voir le monde tel qu'il était.

Il se rendait compte qu'elle l'avait aidée à concevoir la vie différemment, et il avait envie de faire la même chose pour elle.

— Tu sais ce qu'elle a écrit ? demanda Anne.

— Non, répondit Gareth. Mais Deirdre m'a raconté beaucoup de choses. Lis-la, Anne. Fais-moi confiance, je ne te l'aurais pas apportée si je pensais que cela te blesserait encore davantage.

Avec un geste vif, Anne déchira l'enveloppe, en sortit la lettre et commença sa lecture.

CHAPITRE 18

Chère Anne,

Je suis sûrement la dernière personne de qui tu as envie de recevoir une lettre. Je ne peux pas imaginer à quel point il a dû être difficile pour toi de découvrir toute cette affaire.

C'était presque suffisant pour qu'Anne s'arrête de lire. Elle ne voulait surtout pas de la compassion de la part de la mère de Jasmine. Mais en voyant que Gareth la regardait fixement, impatient qu'elle poursuive, elle baissa de nouveau les yeux vers la lettre.

Aucun de nous n'est en mesure de changer ce qui s'est passé, mais, même si je le pouvais, je ne changerais rien, car j'ai une fille que j'aime. Je peux toutefois essayer de te donner des explications.

Cette dernière phrase avait éveillé l'intérêt d'Anne. La jeune femme ferma un instant les yeux. Ces derniers jours, elle avait si souvent essayé de donner un sens à cette histoire, en vain. Tout semblait s'effondrer dans sa vie. Peut-être une explication pourrait-elle l'aider ?

Tu es sans doute très en colère contre ton père pour l'aventure qu'il a eue. Rien de ce que je pourrais dire ne rendra sans doute cela acceptable, mais sache que je suis désolée pour la souffrance dont je suis la cause. N'oublie pas que lui et moi étions très jeunes à l'époque, et que ton père se sentait terriblement seul quand il était loin de ta mère.

Anne n'avait jamais vu cette solitude chez son père, mais elle ne s'en souvenait que trop bien chez sa mère. Chaque fois que son mari était absent, elle essayait de les tenir toutes les deux occupées et s'efforçait de remplir leurs journées pour qu'elles n'aient pas le temps de penser à lui. Pourtant, cela n'avait jamais fonctionné. Lorsqu'elle y repensait à présent, Anne se souvenait des pauses et des silences, et des regards mélancoliques de sa mère quand elle croyait que sa fille ne la voyait pas.

Nous avons passé seulement une nuit ensemble, et je sais que nous l'avons tous les deux rapidement regretté. Mais ce n'est plus mon cas, car c'est ainsi que j'ai eu Jasmine. Edward était un homme bien, et son seul défaut était peut-être de vouloir donner trop d'amour. Il aimait ta mère, il t'aimait et il aimait Jasmine aussi, même si elle n'en a pas conscience pour le moment.

Les yeux d'Anne étaient remplis de larmes, mais elle poursuit sa lecture.

Quand nous aimons quelqu'un, nous voulons le

protéger, même si ce n'est pas toujours la bonne chose à faire. Edward voulait vous protéger, ta mère et toi, en vous épargnant la douleur de découvrir l'erreur qu'il avait commise avec moi. Ta mère a peut-être voulu en faire de même, parce que je pense qu'elle a fini par apprendre ce qui s'était passé. Et si j'ai caché à ma fille l'identité de son père, c'était aussi pour la protéger.

Anne ne douta pas de la sincérité de Deirdre Turner. Sa mère avait vraiment essayé de la protéger. N'était-ce pas aussi ce que son père avait voulu faire ?

Je ne te demande pas de me pardonner. Je te demande de comprendre. En tant que parents, en tant que personne, nous essayons de faire de notre mieux. Nous essayons d'être parfaits pour les gens que nous aimons, parce que nous savons mieux que personne à quel point ils méritent cette perfection. Pourtant, personne n'est parfait. Nous commettons des erreurs, puis d'autres erreurs en voulant protéger les gens que nous aimons. Mais rien de cela ne change l'amour que nous portons à nos proches.

Je ne prétends pas avoir connu Edward Farleigh aussi bien que ta mère, mais je le connaissais suffisamment pour savoir qu'il faisait de son mieux pour les personnes qu'il aimait. Et il vous aimait profondément, ta mère et toi.

Deirdre Turner

Anne replia la lettre avec soin.

Son père avait mal agi à tellement d'égards. Il avait trahi sa mère. Il l'avait trahie, elle. Il y avait toute une partie de sa vie dont Anne ignorait tout.

Et pourtant, même en laissant libre cours à sa colère et en acceptant la douloureuse vérité sur ce que son père avait fait, Anne se rendit compte qu'elle était envahie par une autre émotion.

La compréhension.

Oui, l'idée que son père ait trompé sa mère et qu'il ait eu une fille dont il ne leur avait jamais parlé lui était insupportable. Mais pour la première fois de sa vie, Anne voyait sa mère et son père pour les personnes qu'elles étaient réellement.

Anne ne vivait plus dans le monde imaginaire qu'elle avait créé autour du concept d'*amour véritable*. Elle était parvenue à se détacher de l'image de ses parents se tenant la main dans la voiture accidentée, et de celle du couple parfait qu'ils formaient le jour de leur mariage.

Ils restaient les merveilleux parents qu'elle avait tant aimés, mais elle acceptait désormais qu'ils avaient, comme n'importe qui, leurs défauts, leurs faiblesses et leurs problèmes.

Il était si difficile pour elle de les voir ainsi, et de savoir que sa mère était au courant de l'infidélité de son père… Et qu'ils avaient tous les deux simplement essayé de faire de leur mieux pour faire fonctionner leur couple malgré ce qui s'était passé.

Mais était-ce cela, le véritable amour ? Accepter les

défauts plutôt que la perfection facile dont elle avait toujours rêvé ? Et était-ce seulement face aux difficultés et aux problèmes que la force de l'amour entre deux personnes se révélait, s'il était suffisamment fort pour résister ?

Anne connaissait déjà la réponse. Elle se tenait juste devant elle.

Elle s'approcha de Gareth et passa ses bras autour de son cou.

— Merci pour ce que tu as fait.

— Je ferais n'importe quoi pour toi.

Ms. William passa la tête par la porte de la salle de réunion.

— Il est temps de reprendre.

Anne rentra dans la pièce avec Gareth. Jasmine et Richard Wells étaient assis de l'autre côté de la table, affichant une expression sombre. Mais en regardant Jasmine, Anne ne voyait plus que la souffrance qu'elle avait dû endurer toutes ces années, en pensant que son propre père ne tenait pas assez à elle pour s'en occuper.

Spontanément, Anne poussa la lettre de l'autre côté de la table.

— Qu'est-ce que c'est ? demanda Jasmine en regardant Anne avec un air soupçonneux.

— Quelque chose que vous devriez lire, je pense.

Richard Wells s'empressa d'intervenir.

— Je veux d'abord voir de quoi il s'agit.

Mais Anne n'était pas le moins du monde intimidée par l'avocat.

— Si Jasmine veut que vous lisiez cette lettre, soit, mais elle devrait la lire avant. C'est une lettre de sa mère.

— De ma mère ?

Jasmine ouvrit l'enveloppe et commença sa lecture. Anne observa le visage de la jeune femme, qui était animé par un tourbillon d'émotions contradictoires.

Anne savait exactement ce qu'elle ressentait. Quand elle eut terminé, Jasmine leva les yeux.

— J'ai besoin de temps pour réfléchir. (Elle se tourna vers Ms. Williams.) Je dois parler avec ma mère. Est-il possible de remettre à plus tard la séance de médiation ?

— Jasmine, dit Richard, la situation évolue exactement comme nous le souhaitons. Qu'est-ce que vous faites ?

— Je réfléchis. Je le répète, j'aimerais décaler la médiation.

— Si c'est ce que tout le monde veut, dit Ms. Williams en regardant Anne, qui hocha la tête.

— Laissez-moi voir cela, dit Richard en s'emparant de la lettre et en la parcourant rapidement. Ce n'est rien, Jasmine. Rien. (Il regarda Gareth avec un air mauvais.) Comment t'es-tu procuré cela ? Approcher la famille du client est une violation flagrante de l'accord de confidentialité.

— Et comment cela ? demanda Anne, devançant Gareth.

— Eh bien, il a visiblement utilisé l'adresse dans le dossier…

— Et ne croyez-vous pas qu'il ait pu la chercher lui-même ? répliqua Anne avec un sourire. L'adresse de Deirdre n'est pas difficile à trouver, Mr. Wells.

Richard Wells se leva en pointant le doigt vers Gareth.

— Je trouverai un moyen de te coincer, et si cela ne marche pas, je peux toujours me servir de ton intrusion dans mon bureau. Pensais-tu que je ne l'apprendrais pas ?

Anne posa la main sur le bras de Gareth pour lui faire comprendre qu'elle s'occupait de Richard. Elle soutiendrait Gareth comme il l'avait soutenu.

— Gareth est passé dans votre bureau pour vous voir. Comme vous étiez absent, il est parti.

Le regarda de l'avocat passa de Gareth à Anne.

— On se cache derrière sa petite amie maintenant, Cavendish ? Mais ne t'inquiète pas, je ferai le nécessaire pour te faire retirer ta licence de détective privé. Plus jamais tu ne travailleras dans cette ville.

— Je ne pensais pas qu'on pouvait avoir l'audace de dire cela, dit Anne, prenant plaisir à regarder l'expression sur le visage de l'avocat lorsqu'elle lui reprit la lettre des mains. (Elle posa son bras sur celui de Gareth.) Allons-nous en.

Elle attendit qu'ils soient sortis de la pièce et se retrouvent dans un coin tranquille pour l'embrasser. Il lui rendit doucement son baiser, avec tendresse.

— Tu es merveilleuse, tu le sais ? dit Gareth.

— Je t'aime.

— Je t'aime aussi, répondit Gareth. Et je vais faire tout ce qui est mon pouvoir pour que nous ayons une vie parfaite.

Anne secoua la tête.

— Elle ne sera pas parfaite. Elle sera désordonnée, compliquée… mais c'est la vie, pas vrai ?

En voyant Richard Wells passer devant eux et se diriger vers la sortie, elle ne put s'empêcher de demander à Gareth :

— Peut-il vraiment mettre ses menaces à exécution ?

Gareth haussa les épaules.

— Peut-être. J'ai fait plusieurs choses que je n'avais pas le droit de faire. Mais je ne suis pas trop inquiet. (Elle aimait quand il la regardait avec ce sourire si plein d'amour.) Et maintenant, si je te ramenais chez toi pour t'aider à recoudre une robe de mariée ?

CHAPITRE 19

Debout près de la porte de la grande salle du *Rose Chalet*, Gareth observait la séance photo précédant le mariage de Felicity Andrews. La mariée était éblouissante dans sa robe confectionnée par Anne, et radieuse à l'idée d'être sur le point d'épouser l'homme qu'elle aimait.

Elle partit rejoindre ses demoiselles d'honneur, et Anne sortit alors la robe de mariée de sa mère. La photographe du magazine *San Francisco* écarquilla les yeux.

— Vous êtes sûre que cela va convenir, Anne ? En voyant la robe de Felicity, j'ai pensé que votre style était plutôt classique.

Anne passa une main sur la robe. Elle avait cousu et raccommodé frénétiquement dans son salon, à l'aide de la petite machine Singer de sa mère. Pendant la dernière heure, Gareth avait tenu la robe pour l'aider à terminer plus rapidement, avec du fil et une aiguille à la main.

Malgré tout, le résultat était loin d'être parfait. Anne avait réparé la plupart des accrocs, mais elle en avait également agrandi certains pour exposer très légèrement la doublure en dessous. Elle avait créé un effet de patchwork complexe en cousant des morceaux de tissu provenant de vieilles robes de sa mère, et elle n'avait pas touché aux broderies en perles usées. Il y avait même des parties jaunies, si bien que la robe autrefois d'un blanc immaculé était désormais plus proche de la couleur ivoire.

— Absolument, assura Anne à la photographe.

— Vraiment ? Si vous aviez besoin d'une ou deux heures de plus, je pourrais prendre les photos après le mariage.

— Cette robe de mariée symbolise le mariage de mes parents, dit doucement Anne. Pas seulement le premier jour, parfait, mais l'ensemble. Certains des accrocs et des déchirures ont été raccommodés, d'autres non, mais ils représentent des souvenirs. Malgré tout, cette robe reste belle parce qu'elle est réelle. Elle n'est pas un idéal de conte de fées.

— Très bien, dit la photographe, si vous êtes sûre.

— Je suis sûre. (Elle chercha Gareth du regard.) Je suis sûre de beaucoup de choses maintenant.

La photographe commença à prendre des photos. Gareth sortit dans le parc et prit son téléphone portable dans sa poche. Il parcourut la liste des appels entrants jusqu'à ce qu'il trouve le numéro qu'il cherchait.

Une femme décrocha.

— Allo ?

— Kyra, c'est Gareth.

— Gareth ? (La fiancée de Brian paraissait presque aussi surprise qu'il l'était lui-même de passer cet appel, après tout ce temps.) Tout va bien ?

Il pensa à Anne dans la pièce à côté et à la façon dont elle souriait, pas pour l'appareil photo, mais pour lui.

— Cela ne pourrait pas aller mieux. Est-ce que Brian est là ?

— Oui, je vais le chercher. Ne quitte pas.

Il ne savait pas exactement ce qu'il allait dire à son ancien partenaire, mais il était sûr d'une chose : il devait lui parler.

— Gareth ?

La voix de Gareth n'avait pas changé : elle était chaleureuse et rieuse comme s'ils s'étaient parlé il y a à peine une heure, et non un an.

— Salut, Brian.

Ils avaient vécu tant de choses ensemble, pendant les années qu'ils avaient passées dans la police. Gareth n'avait pas oublié ce que Brian avait fait pour protéger celui qui allait bientôt devenir son beau-fils, mais il le comprenait un peu mieux à présent.

— Je t'appelle à propos de ton mariage, dit Gareth. (Brian n'avait pas seulement été son partenaire, mais aussi son ami le plus proche.) Je sais que j'ai raté votre soirée de fiançailles, mais j'espère être présent à votre mariage.

Il pouvait presque voir Brian en train de sourire.

— Je l'espère aussi, répondit Brian. Qu'est-ce qui t'a fait changer d'avis ?

— Plein de choses, dit Gareth en regardant Anne par la fenêtre. Est-ce que je peux venir accompagné ?

— Accompagné d'Anne Farleigh ?

Gareth se demanda comment son ami savait cela, mais il ne lui fallut pas longtemps pour trouver la réponse.

— Richard Wells t'a contacté.

— Il m'a appelé au commissariat pour me raconter une histoire absurde. Il a affirmé que vous étiez tous les deux entrés par effraction dans son bureau, dit Brian en éclatant de rire à l'idée que Gareth puisse faire cela.

— Écoute, Brian. Ce qui est fait est fait, et j'assumerai les conséquences. Mais Anne n'a rien à voir là-dedans. Elle ignorait tout. Je sais que je n'ai aucun droit de te demander cela, mais quelles que soient les répercussions de cette histoire, je voudrais juste que tu t'assures que tout retombe sur moi. Juste moi.

— Il n'y aura pas de répercussions, dit Brian. Richard Wells n'avait même pas les images de la vidéo-surveillance. La caméra a apparemment cessé de fonctionner pendant quelques minutes hier après-midi. Quel dommage qu'on ne puisse pas toujours compter sur la technologie…

Gareth ne put s'empêcher de sourire. Son ancien partenaire lui manquait. Mais le mariage de Brian n'était pas l'unique raison de son appel.

— Comment va Bobby ?

— Bien. Il choisit beaucoup mieux ses amis maintenant. Il est même en train d'essayer d'entrer dans une bonne université.

— Tu dois être fier.

— En effet, je le suis.

— Brian, je voulais te dire que j'étais désolé. Je comprends enfin pourquoi tu as agi ainsi.

— Je suis désolé aussi, dit son ami. Je n'aurais pas dû te mettre dans cette position.

Ils parlèrent pendant quelques minutes encore. En raccrochant, Gareth eut le sentiment qu'on lui avait enlevé un poids des épaules. Il revint dans la salle où avait lieu la séance photo. Felicity Andrews était de retour et se faisait photographier avec Anne et la robe de mariée de sa mère.

— C'est une interprétation tellement originale du thème, déclara Felicity en regardant l'œuvre d'Anne. J'adore ! Elle est presque aussi parfaite que celle que vous avez faite pour moi. Vous verrez. Dans six mois, tout le monde voudra une robe comme celle-ci, symbolisant l'amour dans toute sa complexité. C'est vraiment une excellente idée

Rose entra dans la pièce.

— Felicity, je ne veux pas vous presser, mais le mariage commence dans une heure. Il vaudrait peut-être mieux que vous commenciez à vous préparer.

— Déjà ? Très bien, je vais devoir vous laisser alors. Viens, Marsha.

Elle emmena la photographe avec elle, et Gareth s'approcha d'Anne.

Elle souriait, mais pas de la manière dont elle le faisait toujours avant, comme si le monde entier était parfait. Son nouveau sourire était encore plus beau.

Ce n'était plus une armure. Et il ne semblait pas mécanique, ce qui le rendait d'autant plus précieux… Anne ne souriait plus que lorsqu'il y avait vraiment de quoi sourire.

Et en prenant Anne dans ses bras, Gareth songea qu'il y avait vraiment de nombreuses raisons de sourire.

CHAPITRE 20

Le mariage de Felicity Andrews était l'événement de l'année.

Des journalistes de magazines renommés étaient présents, et Anne reconnut plusieurs personnalités qu'elle avait vues à la télévision, vêtues de superbes tenues. À l'évidence, tout le monde avait fait un effort pour le mariage de l'éditrice du plus grand magazine de la ville.

Faire un effort, songea Anne avec un sourire. Parfois, c'était nécessaire.

Oui, Felicity était parfaite dans sa robe, mais Anne savait désormais qu'il n'était pas question de perfection dans un mariage. Un mariage était aussi la somme de tous les moments imparfaits. La vie était souvent compliquée et difficile, et parfois rien n'allait comme on le voulait. Tout ce qu'elle pouvait espérer était que Felicity et son nouveau mari s'aiment suffisamment pour faire face à l'adversité.

Gareth et Anne regardaient la cérémonie, blottis l'un contre l'autre. Les musiciens commencèrent alors à jouer.

— Veux-tu danser ?

Anne se laissa guider par Gareth sur la piste de danse

et tournoya dans ses bras, savourant l'instant présent.

Elle ignorait de quoi serait fait l'avenir, mais le moment qu'elle était en train de vivre était parfait. Et, à la réflexion, ne pas connaître les surprises qu'il leur réservait était en réalité assez excitant. Bien sûr, il ne s'agirait pas que de bonnes surprises, mais avec Gareth à ses côtés, elle se sentait capable de tout surmonter.

Gareth étendit son bras et Anne fit gracieusement un petit tour, avant qu'il l'attire de nouveau à lui et l'embrasse.

— C'est merveilleux, dit Anne.

— D'après les commentaires que j'ai entendus sur la robe de Felicity, les choses vont devenir encore plus merveilleuses. Beaucoup de gens voudront porter l'une de tes robes et se marier au *Rose Chalet*.

— C'est une bonne nouvelle, reconnut Anne, mais je ne pensais pas à cela. Je me disais qu'il était merveilleux de t'avoir aussi près de moi.

Et, à en croire la façon dont il la serrait avec force, Anne devina qu'il pensait la même chose.

— J'aimerais que la journée d'aujourd'hui ne se termine jamais.

— Moi aussi, dit Anne. Mais quand elle se terminera, je ne m'inquiéterai pas pour l'avenir. En tout cas pas si tu es dans les parages.

— Sache que j'ai l'intention d'être dans les parages pendant très, très longtemps, lui promit Gareth.

— Bien. (Anne passa ses bras autour de son cou.) Dans ce cas, tu devrais savoir que j'ai décidé de donner à

Jasmine la moitié de ce que mon père m'a légué.

Gareth ne parut pas surpris.

— Mais Jasmine ne deviendra pas pour autant ta meilleure amie du jour au lendemain, tu le sais ?

— Oui, malgré tout, c'est la bonne chose à faire. Je n'ai pas envie de me battre pendant un long procès qui aura pour seul effet de remplir les poches de Richard Wells. Qui plus est… j'ai une sœur, Gareth !

— Une sœur qui a voulu te faire un procès, souligna Gareth.

Anne perçut la note d'inquiétude dans sa voix.

— Mais je la comprends. Honnêtement. Jasmine est en colère, et je suppose que je me rends compte maintenant qu'elle est en droit de l'être. Quand elle me regarde, elle voit la personne qui a reçu toute l'attention de son père. Et quand je la regarde, je verrai sans doute toujours un rappel de ce que mon père a fait, et cela me fera un peu mal.

— Alors pourquoi cette décision ?

— Parce que ce n'est pas grave si cela fait mal, dit Anne. Cela veut dire que nous affrontons la réalité, et un jour… (Elle s'interrompit avec un soupir puis sourit.) Tu as raison, peut-être que nous ne serons jamais amies, mais au moins nous pourrons apprendre à nous connaître. Et surmonter ainsi notre souffrance.

— Si tu lui laisses la moitié de l'héritage, tu sais que Richard en obtiendra aussi un pourcentage ?

Anne haussa les épaules.

— Je ne peux rien faire pour l'empêcher, et toi non

plus. Mais peut-être que j'essaierai de tenir bon jusqu'à ce qu'il accepte de te laisser tranquille. Je n'ai pas aimé la façon dont il t'a menacé.

— Tu le lui as bien fait comprendre, dit Gareth. Mais tu n'as pas besoin de t'inquiéter. J'ai parlé avec mon ancien partenaire Brian avant la cérémonie.

Anne savait à quel point c'était important pour lui. Elle porta les mains de Gareth à ses lèvres et les embrassa.

— Je suis tellement fière de toi.

— C'était finalement beaucoup plus facile que je le craignais. Brian n'a pas l'air de penser que Richard pourra me causer des problèmes.

— Cela ne doit pas être facile pour toi d'avoir enfreint tellement de règles en si peu de temps, dit doucement Anne.

— En effet. Et je n'ai pas l'intention que cela devienne une habitude. Mais je me suis rendu compte qu'il pouvait parfois y avoir de bonnes raisons de le faire, et je ne peux pas penser à une meilleure raison que toi. Je comprends maintenant ce que Brian a fait pour Kyra. Tu viendras avec moi au mariage, n'est-ce pas ?

— J'adore les beaux mariages ! (Elle s'interrompit en riant.) Bien sûr que je viendrai. J'ai envie d'être partout où tu es.

Anne pouvait si facilement s'imaginer se réveiller à ses côtés dans dix ans, vingt ans, ou même quarante.

L'expression de Gareth devint sérieuse.

— Je voulais te parler d'autre chose.

— Tu peux tout me dire.

Il sourit.

— J'ai décidé de changer la spécialité de mon agence et de me consacrer à réunir des familles. Retrouver des êtres aimés perdus de vue, ou encore les (héritiers) de personnes décédées sans laisser de testament ou de renseignements permettant de contacter leur famille. C'est un domaine d'enquête qui m'intéresse vraiment.

Anne ne doutait pas que Gareth réussirait très bien. Réunir des familles et changer des vies, pour le meilleur.

— L'idée que tu aides à réunir des familles me plaît beaucoup.

— Ce n'est pas tout ce que je veux faire, dit-il en l'attirant plus près de lui, bien que la musique se soit arrêtée.

— Dis-moi.

Elle avait le sentiment qu'elle le voudrait aussi, quoi qu'il s'agisse.

— J'ai envie de fonder une famille. Avec toi.

— Cela me semble… (Anne s'efforça de trouver le mot juste, et se rendit compte qu'il n'y en avait qu'un seul.) *parfait*.

ÉPILOGUE

Les rangements après un mariage étaient épuisants, quel que soit le nombre de personnes qui y participaient. Même avec l'aide de Gareth, qui arrivait pourtant à motiver Anne mieux que Rose ne l'avait jamais fait. Il y avait tant à faire après un grand mariage comme celui de Felicity Andrews que cela semblait interminable.

Rose regarda Anne et Gareth et songea qu'ils allaient vraiment bien ensemble. Anne s'approchait de temps en temps de lui pour le toucher, comme si elle n'arrivait pas à croire qu'il soit réel. Ou peut-être qu'elle le faisait juste parce qu'elle en avait la possibilité. Rose se réjouissait pour son amie. Si quelqu'un méritait d'être heureuse, c'était bien Anne.

Phoebe était également présente et s'occupait de jeter les fleurs. Elle avait tellement changé ces derniers temps, et Rose savait bien pourquoi : elle passait désormais tout son temps libre avec Patrick.

Tyce était encore au Colorado avec Whitney. Il n'avait pas été simple d'organiser ce mariage sans lui, mais Rose était absolument ravie qu'ils se soient retrouvés après cinq ans de séparation.

Rose était entourée d'amis qui semblaient tous avoir trouvé le bonheur. C'était l'un des aspects qui lui plaisaient tant dans son métier. Même lorsque les détails demandaient un énorme travail, comme dans le cas du mariage de Felicity, il était essentiellement question d'amour.

Bientôt, cela serait son tour de remonter l'allée.

Donovan et elle avaient pris leur temps, planifiant leur avenir avec soin. Ils avaient même commencé à faire construire une maison ensemble. Leur mariage était à présent imminent.

Alors, pourquoi avait-elle le sentiment que quelque chose clochait ? Compte tenu de tout ce qu'ils avaient préparé et de son expertise, leur mariage devrait être absolument superbe.

Énervée par les pensées qui lui passaient par la tête, Rose ramassa un lourd sac poubelle et se dirigea vers la benne à ordures au bout de la propriété. Mais elle s'arrêta à mi-chemin, essoufflée.

RJ sortit du bâtiment et fronça les sourcils en la voyant debout au milieu de la pelouse, cramponnée au sac poubelle comme si sa vie en dépendait.

— Les effets du champagne d'hier se font encore sentir ? la taquina-t-il. Prends une grande bouteille d'eau et repose-toi, nous devrions réussir à nous passer de ton aide pour la fin.

En temps normal, jamais elle n'aurait accepté de laisser les autres travailler sans elle après un mariage. Mais ce soir-là, elle était si fatiguée qu'elle ne put que hocher la tête et laisser RJ la débarrasser du sac.

— Tu as fait un très beau travail pour ce mariage. Tu peux être fière de ce que tu as accompli au *Rose Chalet*. Vraiment fière.

Elle le regarda s'éloigner pour jeter le sac poubelle, en songeant qu'il n'avait pas tort à propos du champagne : une migraine lui martelait le crâne depuis le matin. Anne avait beau être sa meilleure amie, elle n'aurait pas dû boire autant avec elle la veille du plus gros mariage de sa carrière. Rose n'arrivait même pas à se rappeler comment tout cela était arrivé.

Mais elle n'avait pas oublié la personne qui l'avait ramenée chez elle, ni la question qu'Anne lui avait posée un peu plus tôt. Son amie lui avait demandé si elle avait déjà reçu un baiser qui lui avait donné le sentiment que tout était parfait.

Rose n'avait pas révélé à Anne l'identité de l'homme qui l'avait embrassée ainsi.

Comment le pouvait-elle, alors qu'il ne s'agissait pas de Donovan ?

~ FIN ~

Pour plus d'informations sur les prochaines parutions de Lucy Kevin, inscrivez-vous ici à la newsletter en français.

www.LucyKevin.net/NewsletterFr

A propos de l'auteur

Dès la parution de son premier roman *Seattle Girl*, Lucy Kevin s'est retrouvée sur les listes de best-sellers du *New York Times* et de *USA Today*. Ses deux romances contemporaines suivantes, *Sparks Fly* et *Falling Fast*, sont également apparues sur les listes de best-sellers de la plupart des librairies numériques. La série « Quatre mariages et un fiasco » s'est trouvée à la 11e place du classement du *New York Times* et Lucy en a vendu plus de 500 000 exemplaires à ce jour.

Selon le *Washington Post*, Lucy Kevin « fait partie des plus grands auteurs américains ». Lorsqu'elle n'est pas occupée à écrire, elle adore nager, randonner ou passer du temps avec son mari et ses deux enfants.

Pour la bibliographie complète de Lucy, ainsi que des extraits de ses livres ou des jeux-concours, ou tout simplement pour échanger avec elle :

Recevez la newsletter en français de Lucy :
eepurl.com/MWHJX
Suivez Lucy sur Twitter : twitter.com/lucykevin
Retrouvez Lucy sur
Facebook :facebook.com/lucykevinbooks
www.LucyKevin.com
lucykevinbooks@gmail.com